AF285785

Zur Autorin

Ursula Dietzsch-Kluth, geborene Kluth, wurde 1911 in Berlin geboren. 1921 zog sie mit ihrer Familie nach Köln, wo sie ab 1928 für sechs Semester an der Kölner Kunstschule u.a. Malerei, Kunstgeschichte, Werbegrafik und Drucktechnik studierte. 1931 bis 1934 studierte sie an Abendakademie Paris und arbeitete neben freier künstlerischer Tätigkeit in der Kunstdruckerei Loubok und als Modezeichnerin. Nach Köln zurückgekehrt, war sie freischaffende Zeichnerin und Grafikerin für diverse Verlage, u.a. DuMont Schauberg. Ursula Dietzsch-Kluth weigerte sich, der Reichskulturkammer beizutreten und konnte deshalb bis 1945 nicht ausstellen. In den Kriegsjahren lebte sie in der Nähe von Landshut, kehrte aber 1948 nach Köln zurück Dort nahm sie ihre Verlagsarbeit wieder auf, u.a. mit Theaterzeichnungen, Reportagen, Werbungen und Buchillustrationen. 1960 war sie als Gastdozentin an der Kunstschule Aachen beschäftigt, 1963 bis 1975 folgte die Tätigkeit als Kunsterzieherin an der Kaiserin-Theophanu-Schule in Köln. Während dieser Jahre arbeitet sie zudem als freie Malerin. Ausstellungen in ganz Deutschland, darüber hinaus u.a. in Paris, und mit dem Deutschen Kunstrat in Haiti, Beirut, Bangkok, Manila und Saigon. Ursula Dietzsch-Kluth lebt heute in Brühl bei Köln. „Carlino – oder die Kraft eines Traums" ist ihr zweites Buch. Im Jahr 2004 ist ihre eindrucksvolle Geschichte „Ein Sandkorn im Getriebe der Zeitgeschichte" erschienen.

Carlino

Oder die Kraft eines Traumes

Die Legende einer Kindheit und
die Geschichte über einen außergewöhnlichen
Mann

Von Ursula Dietzsch-Kluth

Illustrationen von Ursula Dietzsch-Kluth

Bibliografische Information der Deutschen Bibliothek:
Die Deutsche Bibliothek verzeichnet diese Publikation in der
Deutschen Nationalbibliografie; detaillierte bibliografische Daten
sind im Internet über http://dnb.ddb.de abrufbar

Copyright © 2007 Ursula Dietzsch-Kluth
ISBN: 978-3-8334-8362-2
Herstellung und Verlag: Books on Demand GmbH, Norderstedt
Lektorat, Satz und Layout: Sonja Volkmann
Umschlaggestaltung: Ursula Dietzsch-Kluth
Umschlagmotiv Vorderseite: Ursula Dietzsch-Kluth: „Der Brief"
Made in Germany

Inhalt

Vorwort

… Ich kann nicht glauben, dass Carlino nicht mehr lebt. Ich sehe ihn, wie er als barfüßiger Junge mit uns spielt, und später als gut aussehenden jungen Mann, mit seiner Leidenschaft für das Tauchen, und seinem großen Erfolg bei den Frauen. Ich glaube, das Geheimnis seiner Erfolge war sein großer Charme, zusammen mit seiner natürlichen Bescheidenheit und großer Lernfähigkeit.

Er startete mit absolut nichts. Er holte die Milch von den Bauern und brachte sie zur Molkerei an der „Mulini". Dann, nach seiner Militärzeit, begann er einige Räume zu vermieten, dort, woraus später das „Miramare" wurde. Bis später er mit dem „Il San Pietro" das wundervolle Hotel realisierte, von dem er immer geträumt hatte.

Ich denke, dass er der berühmteste Positanese war in der ganzen Welt: Er war Freund bekanntester Schauspieler, Minister und Staatsoberhäupter.

Er war zum Dinner eingeladen auf der „Britannia", als die Queen of England nach Neapel kam…

Aus dem Fotobuch „ieri e oggi" Positano von Giulio Rispoldi

Preface

… I still can't believe that Carlino is dead. I see him as a boy playing barefoot, and then as a handsome young man with a passion for skin-diving and great success with the ladies. I think that the secret of his successwas his great charme together with a natural modesty and a large capacity to learn.

He startet from almost nothing. Collecting milk from the farmers and delivering it to the dairy at "Mulini". Then, after military service, he bagn to rent a few rooms an what was to become the "Miramare" until with "Il San Pietro" he realized the splendid hotel that he had always dreamed of.

I think that he was the most famous Positanese in the world; he was friend of well known actors, ministres and heads o states.

He was invited to dinner on the "Britannia" when the Queen of England came to Naples...

Of "ieri e oggi" Positano by Guilio Rispoli

ERZÄHLT UND ERLEBT
VON URSULA DIETZSCH-KLUTH

11

Kapitel eins

Wenn man den Golf von Neapel nach Süden zu umfahren will, versperrt ein riesiger Gebirgsstock den Weg am Ufer entlang. Wie ein geducktes Tier, zum Sprung bereit liegt der Monte San' Angelo am Meer. Bis zu einer Höhe von 1500 Metern steigt er aus dem Meer auf, seine Steilküsten türmen sich durchbrochen von Schluchten, einzelnen Felstürmen und senkrechten Felswänden empor. Wie eine ungeheure Pranke streckt sich ein Vorgebirge weit ins Meer hinaus, den Golf in zwei Teile trennend: in den Golf von Napoli und den von Salerno. Hat man die leuchtenden Orangengärten von Sorrento durchfahren, so schraubt sich die Straße in unendlichen Windungen nach Santa Agata, und von der Höhe aus sieht man auf beide Golfe, deren Wasser vom klaren Türkis bis zum dunkelsten Violett alle Blautöne ausbreitet. Schwimmend wie ein Schiff liegt Capri vor der Spitze der Halbinsel, und nach

Südosten zu den winzigen Sireneninseln, die Galli. Kommt man von dort oben wieder hinunter, fährt noch immer 100 Meter hoch an der schroffen Steilküste entlang, dann spürt man, wie sich die Landschaft verändert. Das Licht scheint hier härter, der Boden karg, blaue Agaven wachsen längs der Straße und stachelige Opuntien starren wie aus dem Nichts an der Meerseite empor. In abermals unendlichen Kurven, die sich um die nackten Felsvorsprünge und geheimnisvoll dunkelnde Schluchten winden, erreicht die Straße einen etwas vorspringenden Felsen, der den ersten Blick auf Positano freigibt. In einer Nische zwischen die Türme des Monte geduckt.

Auch hier findet die Straße keine Gerade. In langen Serpentinen windet sie sich durch den Ort und kriecht an der Flanke des Berges hoch, das Meer immer im Blickfeld, mal an der rechten, dann wieder an der linken Seite des Berges. Will man diese lang ausschwingenden Serpentinen abkürzen, so bleibt nur eines: die Treppen. Stufen und Treppchen, die schmal zwischen den Häusern verlaufen. Tausend und mehr sind es von oben bis zum Strand.

Etwas außerhalb des Ortes, gut bezeichnet durch einige schmalwüchsige Zypressen, wie die Körnung eines dieser sich einzeln vom Rumpf des riesigen Bergmassivs absondernde Felstürme, liegt der Friedhof des alten Dorfes. Wer sich hier heraufbemüht, sucht nicht nur den wunderbaren Blick weit über das Halbrund des Golfes hin bis zu den Tempeln von Paestum. Er sucht mehr. Der Friedhof kann viel über die Gegend berichten, über Leben und Schicksal von Menschen, die hier ihre letzte Ruhe gefunden haben. Ich war lange nicht mehr in Positano gewesen. Ein paar Kreuzfahrten entlang der Küsten Europas weckten wunderbare Erinnerungen an aufregende und fremdartige Eindrücke.

Aber nirgends fand ich Zeit genug, dieses schöne Zusammenspiel von ortsgebundener Bevölkerung mit den angereisten Urlaubern zu beobachten wie in Positano.

Und ich suchte Carlinos Grab.
Dicht an eine Felswand geschmiegt, durch überhängende Agaven geschützt, steht sein Sarkophag aus golden schimmerndem Sand-

stein. Nur ein Name steht darauf, eingegraben: Carlino. Welche Bescheidenheit – oder welche Selbstsicherheit – gehört dazu, sich mit einem Vornamen zum Gedenken zu begnügen!

Wer war Carlino?

Mein Blick entdeckte einen älteren Mann, der sich mit den Gräbern beschäftigte. In seinen zerknitterten Baumwollhosen schien er nicht zu den üblichen Touristen zu gehören. Ein Kranz weißer Haare umrahmte ein markant geschnittenes Gesicht, tief liegende helle Augen von durchdringendem Blick, wie ihn Menschen haben, die ihr Leben lang versuchen, hinter die Dinge zu sehen. „Panero", stellte er sich kurz vor. „Sie möchten etwas über Carlino wissen?"

„Ich wäre Ihnen sehr dankbar. Ich bin Malerin. Mein Name ist Ursula Kluth. Ich habe Carlino lange Jahre gekannt, aber über seine Kindheit und seine Jugend habe ich nie etwas erfahren." Panero wies auf ein schmales Grab, das ganz überwuchert war von wilden Blumen. „Das war seine Mutter. Sie war nicht von hier. Ein

Fischer brachte sie eines Tages, todkrank, auf seinen Armen in das Haus seiner Mutter. ‚Mach sie gesund', hat er gesagt. Mehr wussten wir nie. Wir machten nicht viele Worte hier im Süden. Er war ein Fischerjunge aus dem Dorf. Aber ein außergewöhnlicher Mensch."

Inzwischen hatte ich den kleinen Stein von Ranken freigemacht und entzifferte den Namen. „Aber ich kenne den Namen", rief ich aus.

Und plötzlich erinnerte ich mich ganz deutlich. In meiner Jugend hatten sich viele Zeitungen mit diesem bekannten Namen beschäftigt. Man sprach eine Weile von dieser Tragödie, dann war es vergessen und man ging zu neuen Tagesereignissen über. Was man sich damals erzählte, hatte mich so tief beeindruckt, dass ich noch heute fast wörtlich weiß, was die Zeitungen berichteten. Ich sagte zu Panero, dass ich ihm davon erzählen wollte. Vielleicht könne er mir mehr von dieser Frau berichten, die damals eine so unscheinbare Person gewesen war.

Wir setzten uns auf ein Mauerchen, von dem aus sich der Blick über die flimmernde Wasserfläche hin im Dunst der Mittagshitze verlor. Eine grüne Eidechse flüchtete in eine Spalte. Die Natur schien zu schlafen.

Aber Wort für Wort entstieg der Vergessenheit.

Kapitel zwei

„*Es* war immer etwas schwierig gewesen, sie zu größeren Gesellschaften einzuladen. Sie war ziemlich langweilig, viel zu still für die lärmenden Partys, auf denen man sich amüsieren und nicht jedes Wort abwägen wollte. Denn sie war so empfindlich. So blass war sie in ihrer ganzen Art, dass es ihrem Bekanntenkreis schwer gefallen wäre, irgendetwas, nicht einmal etwas Nachteiliges über sie zu berichten. Auch gab es keine der üblichen Klatschgeschichten über sie. Sie war einfach zu unscheinbar. Und das störte.

Ihr Mann freilich war ein beliebter Gesellschafter, ein Erfolgsmensch, amüsant, und den Frauen gegenüber von der fast intimen Höflichkeit, die doch zu nichts verpflichtete. Im Grunde wunderte sich niemand, dass er seit Jahren seine eigenen Wege ging.

So fiel es kaum auf, dass sie wegen ihrer angegriffenen Gesundheit viel abwesend war. Sie fuhr oft in den Süden, irgendwo hin. Man sprach davon und hatte es bereits vergessen. Anfangs lebte sie in einem der bekannteren Orte im südlichsten Italien, schrieb aber dann, sie habe den Ort gewechselt, der ihr zu laut geworden war, und bewohne jetzt ein Privatzimmer. Auch um die Kosten niedriger zu halten. Sie gab einen völlig unbekannten Ortsnamen an, in der Nähe von Amalfi, und ihr Mann wollte lange Zeit auf einer größeren Karte danach suchen, vergaß es aber dann und begnügte sich mit ihren monatlichen Berichten und der von seiner Sekretärin pünktlich überwiesenen Zahlung.

Da sie sich in ihren Kartengrüßen nie über ihre Gesundheit beklagt hatte, so hatte sich ihr Mann mit einer gewissen Sorglosigkeit darüber beruhigt, und war überrascht, eines Tages von fremder und ungelenker Hand einen italienischen Brief zu erhalten, der ihm eine akute Verschlechterung ihres Zustandes mitteilte. Derart, dass ihm – trotz seiner dringenden gesellschaftlichen Termine – nichts anderes zu tun blieb, als den nächsten Zug nach Rom und von dort den nach Neapel zu nehmen. In Neapel mietete er einen Wagen mit Chauffeur. Die anderen Verkehrsmittel hätten ihn viel zu lange aufgehalten.

Als er die Autobahn von Neapel nach Pompeji und weiter nach Sorrent hinter sich hatte, begann die Nervosität allmählich von ihm abzufallen. Er fing an, das ländliche Leben auf der Straße zu beobachten und sich an der ungewohnten Landschaft zu erfreuen. Auf der engen Straße schwankten hoch beladene Karren voll mit Apfelsinen vorbei. Ein Fahrer rief ihnen Scherzworte zu – offenbar kannte sich hier jeder. Einer der Insassen des Obst-fahrzeuges griff im Vorbeifahren einen der orangefarbenen Bälle und warf ihn in den Wagen des Fremden.
Die Steigung der Straße verlangsamte die Fahrt. Der Mann sah gebannt auf die Fremdartigkeit der Landschaft, über deren Besonderheit er sich nie den Kopf zerbrochen hatte, obwohl für ihn doch jahrelang die Möglichkeit bestand, seine Frau zu besuchen

und sich selbst zu überzeugen, ob alles für sie zum Besten stünde.

Plötzlich tauchte wieder das Meer auf. Aber auf der anderen Seite des Vorgebirges, wo es durch den Schatten der Berge ein viel tieferes Blau zeigte als im Golf von Neapel. Ein paar Pinien blieben zurück, und nun gab es nur noch Unterholz und alte Ölbäume, deren skurrile, vom Wind gedrechselten Stämme sich in die Felsspalten krallten, fast schon ohne Laub, aber seit Jahrzehnten noch immer Früchte tragend.

Die Kostbarkeit der Erde wurde hier, auf den winzigsten Flecken zwischen herüberhängenden Felsen durch Mauerchen vor dem Absturz ins Meer geschützt und durch hunderte von mühsam angehäuften Steinen befestigt. Die Felsen beengten die Straße, sie hingen bedrohlich darüber, um hinter der nächsten Kurve eine schmale Schlucht zu überbrücken. Dann kamen ein paar kleine Häuser, alle in der typischen Form, wie sie Fels und das vorhandene Baumaterial ermöglichten, mit den maurischen flachen Kuppeldächern, die den

Regen über die Rinne zur Zisterne leiten. Enge Gassen, die dem Blick nichts enthüllten.

Unzählige Kurven hatte diese Küstenstraße, und das Hin- und Herschwingen hatte den Mann in eine seltsame Stimmung gebracht, so dass er wie aus einem Traum aufschreckte, als der Fahrer ihm bedeutete, sie seien am gewünschten Ort angelangt.

Sogleich kamen einige Dorfbewohner an den Wagen, neugierig wie überall in den Gegenden, in die sich selten ein Fremder verirrt; zerlumpte Gestalten, denen er nicht gern allein in einer einsamen Gegend begegnet wäre. Er fragte, den Brief zeigend, nach dem Haus, das ihm an-gegeben war, aber es zeigte sich, dass die Leute die Adresse nicht lesen konnten. Unwirsch über den Aufenthalt und das umständliche Palaver der Leute nannte er mehrmals den Namen seiner Frau.

Aber niemand kannte sie. Bis er plötzlich ein italienisches Wort einflocht, das ihm einge-fallen war: „Una Bionda." „La Bionda!"

Plötzlich waren alle interessiert, was sich in Kopfnicken und breitem Lächeln ausdrückte, und dann führten sie ihn alle gemeinsam zu dem betreffenden Haus. Ausgetretene Stufen, wieder enge Gassen mit scheuen Katzen, wieder dunkle Schatten, wie nur die Sonnenländer sie so intensiv hervorbringen können. Hin und wieder ein Aufblitzen zwischen den Mauern, wenn ein schmaler Durchlass den Blick auf das Meer freigab. Dann schoss ihm das Licht schmerzhaft in die Augen.

Alsdann standen sie vor einer Pforte, die nach seinem Klopfen von einer alten Frau geöffnet wurde. Wie die meisten Frauen war sie schwarz gekleidet. Das schwarze Kopftuch gab ihr etwas Zeitloses, zugleich auch Würdevolles. Bloßfüßig stand sie auf den sauber gescheuerten Fliesen der Terrasse, sie fragte nichts, ganz so als habe sie schon lange gewartete, und wies mit dem Kopf nach einer Tür. Im Türrahmen stand ein Mann, auch er ohne Schuhe und in den ausgewaschenen Leinenhosen, die von Sonne und Meerwasser farblos waren. Er war nicht mehr jung, aber breit und stark stand er da, und doch so, als müsse er sich mit beiden Armen am Türpfosten festhalten. Sein bräunliches Gesicht war verzerrt von einem wilden Schmerz.

Er starrte den Fremden an. Einen Augenblick. Und länger. Dann gab er die Tür frei. Der Mann betrat den Raum. Geblendet von der Helligkeit draußen nahm er zunächst nichts wahr als den Duft fremdartiger Blumen. Dann sah er es, unklar noch, aber er hatte ja die ganze Zeit über geahnt, was ihn erwartete: Sie lag da, ein Engel. So jung, und so, wie er sie noch nie gesehen hatte, ihn nur ganz ungewiss erinnernd an die erste Zeit ihrer Bekanntschaft. Sie lächelte. Er glaubte, sie nie so lächeln gesehen zu haben.

Er stolperte zur Tür. Ungeschickt stotterte er ein paar Worte, bekam aber keine Antwort. Ein kleines Kind, etwa vier Jahre alt, griff nach der Orange, die er unbewusst aus dem Wagen mitgenommen hatte und noch immer in der Hand hielt. Ein zartes, hellblondes Kind mit tiefschwarzen Augen. Der Mann wollte die Verzauberung von Ort und Zeit abwerfen, besann sich aber auf seine traurige Pflicht und darauf, dass er diesen Leuten ja etwas schuldig sei. Nervös griff er nach seiner Brieftasche und nahm einige große Scheine heraus.

Die alte Frau fuhr zurück und fasste mit ihren Händen jäh unter die Schürze. Der Italiener schrie auf wie ein wundes Tier, griff sich mit beiden Händen an den Hals als ersticke er.
Dann fasste er die Jacke des Mannes, riss ihn herum, zerrte ihn zur Tür und stieß ihn in die Gasse hinaus. Danach schloss er das Tor. Leise, fast zärtlich, und drehte den Schlüssel herum.

Durch die verwinkelten Gassen fand der Mann endlich zu seinem Wagen zurück, der noch auf ihn wartete. Seine erstickte Wut über die Behandlung, die dieser arme Schlucker sich erlaubt hatte, half ihm, die grenzenlose Beschämung zu überwinden, wie auch den unklaren Gedanken, als hätte er den besten Teil seines Lebens vergeudet."

Kapitel drei

*I*ch schwieg. Der Nachmittagswind, der von den Bergen einfiel, kräuselte das Meer spielerisch in der Tiefe. Ich sah auf das Blumenüberwucherte Grab. Hier also hatte diese alte Geschichte ihr Ende gefunden. In der Schlichtheit eines sinnvollen Lebens.

Und hier hatte Carlinos Kindheit begonnen.

„So mag es gewesen sein", fing Panero wieder an zu erzählen. „Aber nehmen Sie die Geschichten hier nicht so ernst. Die Menschen hier in ihrer Abgeschiedenheit verändern sie von Mal zu Mal, bereichern sie mit ihrer Fantasie, bis sie sich zu Legenden geformt haben, die sich um solche kleinen Orte ranken." Er sah mich an. „Ich traf den kleinen Carlino erst Jahre nach dem Tod seiner Mutter, als wir zusammen in die Klosterschule gingen, dort oben bei den Nonnen. Er war ein netter

Bursche, immer voller Ideen und lustig. Nur an unseren kleinen Prügeleien, mit denen wir unsere Kräfte erprobten, an denen nahm er nicht teil. Er stand dann ein wenig abseits, bis es ihn langweilte und er meinte, nun sollten wir etwas Anderes spielen. Und seltsamerweise trennten wir uns friedlich, um andere Dummheiten zu machen.

Nur, wenn wir aus Übermut Pflanzen ausrissen, nur um sie wegzuwerfen, oder um Bäume sinnlos zu verletzen, konnte er wütend werden wie ein kleiner Teufel. Wahrscheinlich hatte sein Vater ihn die Achtung vor der Natur gelehrt. Für einen Jungen war dieser Vater, wie wohl jeder ihn sich wünschte. So oft es ging, nahm er ihn mit zum Fischen, lehrte ihn, die Fische geduldig zu beobachten, und erklärte ihm, was eine Wolke Möwen über dem Wasser bedeutete und wie dies den Fischern einen Sardinenschwarm ankündigte. Oder er zeigte ihm, wie man die herrlichen Delfine anlockt, um mit ihnen zu spielen. Auch nahm er ihn nachts mit im Boot und erklärte ihm die Sterne und wie sie den Seeleuten auf dem Meer die Richtung weisen können. Die wunderbaren geheimnisvollen Höhlen unter den Uferfelsen, die Meeresströmungen und die Winde. Alles das, mit den Augen des Vaters gesehen, war für Carlino ein unerschöpfliches Wunder."

Panero schwieg eine Weile.
Wir sahen beide auf das Meer hinaus, dessen perlmutterner Schimmer nun in rötliche Streifen wechselte, während vom Land her der Schatten des über uns drohenden Berges das Wasser tiefschwarz verdunkelte. Dann fing Panero wieder zu erzählen an. „Sie sollten nun auch die ganze Geschichte von Carlinos Jugend hören. Später können Sie Ihre Spurensuche selbst weiter verfolgen. Es gibt genug Legenden darüber." Er räusperte sich.

„Eines Morgens, nach einer Nacht, in der sein Vater allein in den unterirdischen Höhlen nach fetten Moränen jagte, kam dieser nicht mehr zurück. Es wurden Vermutungen laut, die anderen Fischer suchten die Küste nach Spuren ab. Man wusste ja von der Waghalsigkeit dieses Fischers und von den vielen unterirdischen Abzweigungen der Höhlen. Und man wusste auch von dem unüberwundenen Kummer über den Verlust seiner Frau.

Schließlich gab man die Suche auf. Es gab so viele Gefahren, denen das Leben aller Fischer ausgesetzt war. Und am Ende, als man den Leichnam von Carlinos Vaters fand, stellte man schlichtweg fest, dass der vergessen hatte, die Batterie in seiner Lampe zu erneuern, und im Dunkeln den Ausgang nicht mehr hatte finden können.

So ging das Interesse der Leute bald zu anderen Tragödien über.

Als der Vater nicht wiederkam, der ihm ein strenger aber liebevoller Freund gewesen war, traf Carlino die Härte des Alltags mit voller Wucht. Zum Weinen blieb keine Zeit. Er übernahm wie selbstverständlich die Fürsorge für seine Großmutter und sich. Er hatte das Fischerhandwerk gelernt, verkaufte seine kleine Beute, und niemand fragte danach, dass er noch ein Kind war.

Seine einzige Freude in seiner Einsamkeit waren die Besuche bei einem schwedischen Schriftsteller, der seit einiger Zeit im Ort lebte. Er gab dem Jungen Bücher zu lesen, die weit über dem Niveau der Klosterschule lagen. Aber da er keine andere Literatur zur Hand hatte, fand sich Carlino mit Krimis, griechischen Philosophen, Goethe und Shakespeare konfrontiert, die sein Hirn füllten wie einen Trödelladen der Literatur. Aber er baute sich sein eigenes Weltbild daraus, das seine Fantasie bereicherte. Der Schriftsteller, Sven Engstaadt, der mit seinen weltberühmten Krimis ein Vermögen verdient hatte, freute sich wie ein guter Vater an dem Adlatus.

Die alte Großmutter starb. Still und bescheiden wie sie gelebt hatte. Carlino weinte um sie, so lange, wie ein Kind braucht, bis es merkt, dass das Leben von ihm mehr fordert als Trauer. Er war immer zu ihr geflüchtet, wenn sein Kummer ihm zu schwer wurde. Er hatte sich vor sie hin gehockt und sie breitete ihre Schürze über ihn. Bei ihr hatte er sich geborgen gefühlt. Jetzt hallte das leere Haus von seinen eigenen Schritten wider.

Später einmal, sehr viel später, würde er seinen verwöhnten Gästen erzählen, wie seine Mahlzeiten in jenen Jahren waren: ein Stück Brot, in den Landwein des Ortes getunkt und danach in selbst geerntetes Olivenöl.

Ein Tag kam wie jeder andere. Carlino stand vor Engstaadts Haus, um ihm einen silbrig glänzenden Fisch zu bringen, den er aus seinem Fang abgezweigt hatte. Engstaadt, noch von der Nachricht eines Auftrages für ein neues Buch begeistert, erzählte dem Jungen, er müsse in den nächsten Tagen abreisen, um das Umfeld seines neuen Romans zu erkunden. Der Junge stand starr, das Netz mit dem Fisch noch in der Hand. Dann fiel er um wie ein lebloses Stück Holz. Und er schrie. Er schrie bis zur Besinnungslosigkeit. Engstaadt, in seiner verständlichen Selbstsucht eines Künstlers, der sich bis zur Spitze hochgearbeitet hatte, spürte plötzlich, dass er dabei war, dieses Kind umzubringen.
Er hatte gern diese kleine Freundschaft angenommen, nicht bedenkend, dass dies auch eine Verpflichtung bedeutete. Diesen Jungen in

seiner tapferen Einsamkeit jählings allein zu lassen, war ein tödlicher Schlag. Mühsam brachte er den Jungen etwas zur Ruhe. Er selbst war von diesem unerwarteten Ausbruch tief berührt. Denn das Kind, das Carlino noch war, hatte seinen tiefen Kummer immer zu verbergen gewusst.

Vorsichtig, um nicht ein Versprechen zu geben, das er vielleicht nicht würde einhalten dürfen, sagte er Carlino, er wolle versuchen, ihn auf seine Reise mitzunehmen. Ein Weg zum Bürgermeister anderntags genügte, der froh war, einen armen Esser weniger in der Gemeinde zu haben. Denn wer fragte damals danach, als zweidrittel der männlichen Bevölkerung den Weg in den goldenen Westen antraten, um der Armut und Aussichtslosigkeit in der Heimat zu entkommen?
Auch der Pfarrer, der weise bedachte, dass die Gefahren der weiten Welt auch nicht größer sein könnten als die des Verhungerns, gab seinen Segen. Und nach einer schriftlichen Versicherung, Carlino bis zur Mündigkeit zu unterstützen, nahm der Schwede den Jungen als

Diener, Sekretär, Zuhörer und Pflegesohn mit auf seine Reisen.

Mit den Jahren legten die Katastrophen des Zweiten Weltkrieges auch in diesem Winkel der Weltgeschichte den Mantel des Vergessens über das Schicksal eines armen Waisenjungen."

Wir schwiegen beide eine lange Zeit, berührt von Erinnerungen. „Wir sollten jetzt hinunter gehen, ehe es dunkelt", mahnte Panero. „Es gibt hier keine sanften, violetten Übergänge wie in den nördlichen Ländern. Ein kurzer perlmutterner Augenblick, dann fällt die Dunkelheit ein, als hätte man eine Lampe gelöscht." Wir trennten uns. Der leichte Abendnebel verwischte die Konturen unserer Gestalten.

Ich bin Panero nie wieder begegnet.

Kapitel vier

Die Jahre vergingen, seit Carlino fortgegangen war. Der Krieg kam, mit dem Hunger und dem verheerenden Typhus. Die uralten Begriffe von Ethik und Gottesglauben, die Hand der Fatme und das Kreuz halfen nun nicht mehr. Die Fetische des Aberglaubens – wie tief sie auch in dem einfachen Volk verwurzelt waren – verloren ihre Kraft angesichts der todbringenden Riesenvögel. Als der Krieg endete, war das gewohnte Leben, der Alltag, waren die lieb gewonnenen Lebensgesetze zerstört. Die Menschen begruben ihre Toten und leckten ihre Wunden.

Sie hatten nicht mehr gewonnen an dem ganzen politischen Wahnsinn als noch mehr Armut wie zuvor.

Positano – am Leben so arm, aber an Sagen und Legenden so reich – griff nach seinem einzigen Heilmittel: der Freude am Leben. Der einzige

Schuss, der seinerzeit auf Positano abgefeuert worden war, kam von einem englischen Torpedoboot, das vor dem Strand lag. Der Kommandant, in Unkenntnis der kriegerischen Vergangenheit des kleinen Hafenstädtchens, hielt einen der wehrhaften Türme gegen die räuberischen Sarazenen für eine deutsche Befestigung. Ob er den so edel erbauten Turm schonen wollte oder ob er die einsame Felsnadel davor übersehen hatte, ist nicht überliefert. Die besagte schmale Felsnadel wurde jedenfalls getroffen und versank bis auf einen für die Schifffahrt ärgerlichen Rest im Meer. Das darin eingehauene Bildnis der Gottesmutter hatte wieder Wunder getan.

Als der Donner des Schusses in den Hunderten der Echos aus den Felsspalten zu einem Gewitter anschwoll und fern verebbte, löste sich ein Beiboot von dem Kriegsschiff und steuerte auf den Strand zu. Positano hatte kapituliert. Aber wie so oft in der Geschichte des Ortes spielte sich die Zeremonie anders ab als erwartet: Der englische Offizier bat höflich, ihn zu einem in Positano lebenden deutschen Maler zu führen, mit dem er befreundet sei.

Curt Crämer kam ins Spiel der Geschichte. Denn er verbürgte sich für die Integrität aller dort wohnenden Deutschen – ungeachtet ihrer Vergangenheit.

Unverändert, Jahr um Jahr, kam der Sommer mit dem sanften Streicheln der Wärme auf bloßer Haut. Auf seinem Höhepunkt hüllte der glühend heiße Wind aus der Sahara die Menschen ein wie in eine schwere Decke, aus der man sich nicht befreien konnte, um zu atmen. Der feine rote Sand verfing sich wirbelnd in den engen Gassen und legte sich über alles. Die leuchtenden Farben der Landschaft verblassten zu einem stumpfen Graugrün.

Unter die Olivenbäume wurden rote oder schwarze Netze gespannt, aus denen die altersgrauen, verformten Stämme wie in einer surrealen Performance herausragten: eine Szenerie der Unwirklichkeit.

Wenn die ersten Tropfen des nahenden Herbstes fielen, verdunsteten sie auf dem ausgedorrten Boden.

Das Meer, das den Kieselstrand während des Sommers nur müde beleckt hatte, zog sich von den schimmernden Salzrändern auf den Felsen zurück, um sich mit einem gewaltigen Anlauf zurückzuholen, was während des Sommers den Badegästen gehört hatte. Die Fischer retteten ihre Boote in die höher gelegenen Gassen. Die Gischt der anbrandenden Wellen brach sich an den Uferfelsen, stieg haushoch auf und stürzte donnernd zurück in die aufgewühlte Tiefe.

Der Winter kam, und wie in jedem Jahr hielten die Menschen in den ungeheizten Häusern ihre Füße frierend an den Kamin. Der erste Donner rollte sein Echo zwischen den steilen Schluchten in unendlichen Variationen wider, bis er sich in der Ferne als dumpfes Grollen verlor. Regen fiel, und die Treppen wurden zu plätschernden Bächen, bis dann der Winter irgendwann zu Ende war.

Langsam fanden die Menschen wieder hierher, denen der kleine Ort schon früher Hilfe und Zuflucht geboten hatte. Juden, die lange Jahre um ihr Leben fürchten mussten. Andere Gäste. Es kamen die Träumer und die von den Unruhen Verstörten. Es kamen die Versprengten, die zu sich zu finden suchten.

Darunter waren eine junge Revuetänzerin und ihr Partner, denen der Glimmer und Glanz des Moulin Rouge in Paris nicht die innere Zerrissenheit der Menschheit verdecken konnte. Und die Verborgenen kamen aus ihren Höhlen, sie atmeten tief die Luft der Freiheit ein, und besannen sich, ihren neuen Weg zu gehen. Die beiden Tänzer hatten die Ideen von Jean Paul Sartre in Paris begeistert aufgenommen und wollten hier nun ihren Existentialismus erproben. Man sah sie einige Zeit im Ort, ihre fuchsroten Haare leuchteten in der Sonne, umrahmten die tiefschwarzen ummalten Augen in ihrem kalkweißen Gesicht.

Dann verschwanden die beiden. Niemand wusste oder interessierte sich, wohin sie gegangen waren. Als sie wieder auftauchten, hatten sie sich von irgendwoher ein winziges Stückchen Felsland erbettelt, hinter den Bergen. Keiner wusste, wo. Aber es war groß genug, um sich selbst eine Hütte zu bauen, eine Ziege zu halten und ein wenig Gemüse anzubauen. Viele Jahre später sah man sie hin und wieder im Ort mit einem winzigen

Eselchen vor einem, aus Resten zusammen-
gebauten Wägelchen.

Ob Sartre, an seinem Schreibtisch in Paris,
wohl je erfahren hat, wie konsequent seine
Philosophie hier ausgelebt wurde?
Eines Tages beschied der Bürgermeister,
besorgt um den Ruf des aufstrebenden
Touristenortes, sie müssten aus dem Stadtbild
verschwinden, und wollte diese harmlosesten
der Menschen ausweisen. Aber die Bewohner
Positanos verweigerten einmütig und empört
ihre Zustimmung.

Positano, so eng in die kleine Nische
geschmiegt, zwischen den Tatzen der Felsriffe
unterhalb des riesigen Gebirgsstockes,
bewahrte sich sein freiheitliches Denken.

Treppen am remare

45

Kapitel fünf

Vom Ende des Strandes aus stieg eine Treppengasse, ganz überwuchert von blauen Winden und violetten Glyzinien, mit mehr als zweihundert Stufen hinauf, bis sie hinter einer Biegung zu weiteren Stufen verschwand. Hier fiel das Licht von einem Seitentreppchen ein, das wieder zu den Orangengärten des Fornillo hinab führte.

Vor einer Tür an diesem schmalen Durchlass stand ein schlanker junger Mann, städtisch elegant gekleidet, und steckte einen Schlüssel, den er wie einen Talisman immer bei sich trug, in das Türschloss seines Elternhauses.

Carlino war zurückgekommen.

Er ging hinein und stieß die Fenster weit auf, um die frische Meerluft in den muffigen Raum zu lassen, der jahrelang ungelüftet geblieben war. Von außen war das Haus frisch weiß gekalkt, aber innen hatte der Schimmel die Wände mit einer dicken grünlich grauen Schicht überzogen. Carlino zog sich einen Stuhl unter das Fenster und schloss die Augen. Es war zuhause. Stundenlang blieb er so sitzen und träumte.

Er hatte mit Sven Engstaadt viele Tage in Nomadenzelten gewohnt. Er hatte im Ritz auf seidenen Sesseln gesessen. Viele Wochen lang waren sie Gäste auf einem Schloss im nördlichen Schottland gewesen. Sie hatten in den großen Städten Konzerte gehört und Museen besucht und danach mit den Künstlern in alten Pubs gesessen oder in eleganten Salons seiner Freunde diskutiert. Carlino war immer dabei gewesen und hatte zugehört.

Was hatte er gelernt in diesen Jahren? Nicht viel handwerklich Brauchbares, aber ein perfektes Englisch, ein gutes Deutsch, etwas Französisch. Und er hatte die Menschen studiert, hatte sie in den verschiedenen Lebenslagen beobachtet, so wie sich Sven Engstaadt seine Romanfiguren auswählte. Er lernte ihre Gewohnheiten, die sich immer wieder veränderten. Aber in einem glichen sie sich alle: In ihrer Sehnsucht nach Kultur, guten Gesprächen und gutem Essen – auch wenn dies oft nur einfache Kost war. Und in der Sehnsucht nach Freundschaft.

In den ersten Monaten, seit er mit dem Schriftsteller zusammen lebte, hatte er sich immer im Hintergrund gehalten. Die Angst, einen falschen Schritt in dieser neuen verwirrenden Welt zu tun, ließ ihn fast unsichtbar werden. Aber in Wahrheit horchte er auf jedes Wort der meist für ihn unverständlichen Gespräche. Wenn er allein war und Engstaadt ihn nicht brauchte, so stürzte er sich auf die Bücher, die sein Mentor ihm unbegrenzt überlassen hatte.

Gierig verschlang er Reisebeschreibungen, Liebesromane und wissenschaftliche Berichte. So verwirrend sich ihm die Welt auf diese Weise öffnete, so häuften sich in seinem Kopf Begriffe oder Staunen und reizten ihn zu immer neuen Entdeckungen.

Hin und wieder fragte er seinen Mentor nach Erklärungen. Dies brachte Engstaadt dazu, den ungeordneten Wissensdurst seines Zöglings für seine Zwecke zu nutzen. Er übergab Carlino einen Haufen von Notizen, die er für seine Bücher gesammelt hatte, Tagebuchblätter, Recherchen über bestimmte Wohnviertel etwa, Skizzen auf Papierservietten oder alten Fahrscheinen, und ließ ihn dieses Sammel-surium zwischen Aktendeckeln ordnen. Seine natürliche Bescheidenheit und die Lehre als Angler und Fischer, Geduld und Schweigen, machten Carlino zu einem perfekten Sekretär für den Schriftsteller.

Aber bei all dem Neuen hatte ihn nie die Sehnsucht nach seiner Heimat verlassen. In jenen Momenten griff er nach dem Schlüssel, seinem Talisman, den er an seinem Gürtel befestigt hatte, den Schlüssel zu seinem Elternhaus.

Und dies war sein heimlicher Traum: Er wollte aus dem alten Häuschen später einmal eine kleine Fremdenpension machen. Ein kleines einfaches kultiviertes Hotel, für ausgesuchte Gäste, wie er sie durch Sven Engstaadt kennen gelernt hatte. Denn das Gefühl für die Werte des Lebens und die Qualität war zu seinem Lebensinhalt geworden. Sein größter Schatz nach Engstaadts Tod war dessen Adressbuch mit den Namen der vielen Freunde.

In der Erinnerung waren die Zimmer seiner Kindheit hell vom Lachen seiner Mutter gewesen und weit von den Erzählungen des Vaters. Tief unter dem Fenster leuchteten die Orangen und ihr Duft stieg zu ihm hinauf. Carlino öffnete die Augen und sah sich der Realität gegenüber: Die Wände verschimmelten im trüben Grau. Grünlich eingefärbte Geckos flüchteten vor dem Licht. Die winzigen Zimmer im Schutz ihrer dicken Wände folgten dem gegebenen Grundriss des felsigen Bodens, und sie schienen keinen rechten Winkel zu kennen.

Aber er sah auch die schön gewölbte Decke und die geschwungene Treppe mit ihrem steinigen Geländer, das von der Hand des Maurers gestaltet worden war und durch jahrzehntelange Überkalkung sanfte Kanten und nur gerundete Ecken hatte. Carlino sah die winzigen Fenster, deren Enge durch das Klima bestimmt war. Und dann dachte er an die eleganten Hotels, die er mit Sven Engstaadt besucht hatte, mit den schimmernden Spiegeln in den Badezimmern. Hier wäre nicht einmal Platz für eine Badewanne. Jedoch erinnerte er sich auch an die öden Wochen in den Sommerbadeorten, wo die trostlosen dunklen Kleiderschränke oft die Hälfte der Zimmer einnahmen, und an die Heimatlosigkeit, die er in den meisten Hotels gespürt hatte.

Carlino sprang auf und stieß den Stuhl beiseite. Es musste einfach möglich sein! Jahrelang war dieser Traum in ihm gewachsen, hatte in ihm die Sehnsucht nach der Schönheit seiner Heimat beherrscht. Es musste einfach möglich sein. „Ich versuche es", sagte er sich. Nichts kann mehr bewegen als der Glaube an sich selbst. Er verlor keine Stunde mehr mit seinen Träumen.

Zunächst suchte er nach einem Maurer. Der Ort war groß genug, um Handwerker jeder Art zu beschäftigen. Sein Problem war nur die Finanzierung. Denn das Wenige, das er noch von Engstaadt besaß, schmolz dahin. So gab es lange Palaver mit den Handwerkern, denn Carlino besann sich auf die altgewohnte italienische Vertragsformulierung: Gezahlt wird nach der Saison. Nicht jeder Meister war darüber begeistert, aber die elende Zeit der Kriegsjahre hatte auch hier die Auffassung von Soll und Haben verändert. Die spielerische Fantasie der Italiener gepaart mit dem Wunsch, nach der Flickschusterei in der Kriegszeit wieder das wirkliche Können unter Beweis zu stellen, sowie die Gefahr eines ausgefallenen Auftrages, waren stärker als ihre Sorge um ihr Geld.

Die Maurer kamen, rissen Wände ein, vergrößerten die Fenster zu bogenförmigen Arkaden. Zu enge Kämmerchen wurden zu Wandschränken. Terrassen schwebten bald nach dem Einbau unsichtbarer Träger über den Orangengärten. Wo der Platz für Zimmer fehlte, standen benachbarte verlassene Häuser zum Mieten bereit. Sie wurden mit Leitungen verbunden. Mit Treppchen und Treppen, so wie seit hundert Jahren jede sich vergrößernde Familie einfach einen neuen Kubus an den alten anfügte.

Carlinos Vorstellung war, das Hotelchen mit antiken Möbeln auszustatten. Auf alten

Speichern stöbernd fand er vieles, was sich verwerten, reparieren und nutzen ließ. Die Küche wurde vergrößert und von den althergebrachten Holzkohleherden befreit. Sukzessive nahm alles Gestalt an. Nur die Badezimmer blieben ein Problem. Aber nicht für einen fantasievollen, begabten Illusionisten wie Carlino. Wo der Fels eine Möglichkeit dazu bot, wurde der Raum herausgesprengt, die Wände blieben, wie der rohe Fels sie hergab. Große Pflanzen wurden einfach davor gesetzt, die sich zur unverputzten Decke heraufrankten. Überhängende Farne und immer wieder Geranien. Man fühlte sich in der Badewanne wie im Dschungel. Das Schönste und Teuerste aber war eine gläserne Wanne, die teilweise über den Orangenblüten zu schweben schien und deren Abschluss in einem kleinen schmalen Aquarium endete. Auch die Goldfische fehlten nicht.

Kein Wunder, dass dieses verrückte, bezaubernde Hotel bald unter den Kennern und Liebhabern solcher irrationaler Träumereien bekannt wurde. Zwischen Schanghai und New York gab es nichts Vergleichbares.

Es waren ja die ersten wunderbaren Jahre des Neuanfanges. Die Menschen, die das grenzenlose Elend überlebt hatten, schüttelten die Asche und den Kummer von sich, putzten ihre Federn und vergaßen den Staub wie auch den Muff des vergangenen Jahrhunderts. Sie atmeten freier in ihrer neuen Umwelt, in der nichts mehr so war wie früher. Sie hatten inzwischen wieder ein Dach über dem Kopf und sie hatten mehr als nur das tägliche Brot zu essen. Sie alle hatten ein Anrecht auf Freude.

Aber es ist die Tragik, die immer auch die Freude begleitet: Der Mensch nimmt den Augenblick größter Freude erst wahr, wenn er vorüber ist.

Das für die Menschen nördlicher Lebensbereiche so elektrisierende Klima dieses Küstenstreifens war wie prickelnder Sekt. Es ergriff jeden, ob alt ob jung. Niemand konnte und niemand wollte sich seiner Erfrischung entziehen. Es war das Wirklichkeit gewordene Märchen der Sirenen, das den, der einmal davon erfahren hatte, nie mehr verließ. Es waren die einfachen Spiele der Kindheit, die sie wieder entdeckten; das Laufen mit bloßen Füßen, um die Wärme der Erde zu spüren. Und es war das Dahindämmern in der Mittagsstunde der Natur.

Auch mich hatte die Sehnsucht nach diesem merkwürdigen Ort wieder gepackt. Die Erinnerung an die vier Monate herrlichster Freiheit, die mich während der langen Kriegsjahre nie verlassen hatte. Der Karneval in Köln war verrauscht, nicht ohne mir einen ansehnlichen Betrag für meine aufwändigen Dekorationen zu bescheren, mit denen ich zwei sehr gute Restaurants verschönt hatte. Es gab nichts Besseres, als diesen Betrag sogleich in eine Reise nach Positano zu verwandeln.

Das Miramare hatte kein Zimmer frei, da Carlino sich langsam von den angemieteten Dependancen trennte.

Aber in der Nachbarschaft fand ich ein wunderschönes Appartement mit riesiger Terrasse, bestens geeignet für meine Malerei. Niemand, kein Hotelbetrieb, störte mich dort. Der Frühling war noch jung. Die entlaubten Feigenbäume streckten ihre silbern schimmernden Zweige raumgreifend aus, um sie in kühnem Bogen zur Höhe zu schwingen, mit winzigen Blättchen wie Kerzen an den Zweigen. Über den Nussbäumen hing ein zartgrüner Schimmer.

Ich trabte die Treppengässchen hinauf und hinunter. Zeichnend, für spätere Temperabilder, die ich ausstellen wollte. Die sonnen gebleichten, herben Farben des tiefen Südens kamen meiner Stimmung sehr entgegen, die sich endlich von der Kraftanstrengung der vergangenen Jahre lösen wollte. Die starren Kuben der Szenerie, die übereinander geschachtelten Würfel, die schwarzen Schlag-schatten, wo das Sonnenlicht nie hintraf – sie brachen aus mir heraus, als wollten sie endlich Raum schaffen für die helleren Töne, die uns das Leben versprochen hatte. Es waren wunderbare Arbeitstage.

Als einer der ersten Gäste aus dem Kreis der bekannten Künstler kam Gustav Gründgens in dieses reizende Hotel, und nach ihm seine Freunde, andere Schauspieler und Bewunderer. Seine Scheu, in seinem privaten Leben fremde Menschen an sich heranzulassen, war bekannt. Er fürchtete, mit – oft törichten – Fragen überfallen zu werden, auch wenn sie ihre Bewunderung ausdrücken sollten. Bei einem Malerkollegen, Curt Crämer, der ja seinerzeit gegenüber dem englischen

Kriegskommandanten ein gutes Zeugnis über die Deutschen hier abgelegt hatte, den ich schon von der Kunstschule her kannte, und der sich wegen seiner Kinderlähmung nach Positano zurückgezogen hatte, traf ich Gustav Gründgens, der sich mir mit der kurzen Vorstellung „Schulze, sehr erfreut" bekannt machte. Ich nahm dies mit einem Pokerface entgegen und murmelte meinen Namen. Und setzte mich neben „Herrn Schulze".

Dies nun schien ihm vertrauenserweckend genug für meine Unaufdringlichkeit, denn am Abend lud er mich ein, ihn mit seinen drei Freunden in eine abgelegene Weinkneipe zu begleiten.

Wir holten Brot, Salami, Oliven und Käse und wurden zu einem winzigen Kubus geführt, der knapp neben der Straße und über der Tiefe schwebend nichts weiter versprach als eine vergammelte Tür. Kein Schild. Kein Fenster.

Drinnen gab es nur ein riesiges Weinfass und im Hintergrund eine Tür, die zu einer Terrasse offen war. Aber was für eine Terrasse! Nur der Sternenhimmel über uns, und tief unter uns das leise rollende Meer, schimmernd eine silberne Straße in das weiß leuchtende Rund des

Mondes führend. Kein Mensch weit und breit. Kein Laut.

Wo war der Wirt? Er fand sich, schlafend, die Schöpfkelle noch in der Hand, neben dem schier unerschöpflichen Weinfass.

Wir waren die einzigen Gäste. Gläser fanden sich, und so schöpften wir unseren Wein selbst. In dieser irrwitzigen Atmosphäre wurde aus „Herrn Schulze" wieder Gustav Gründgens.

Das Haus füllte sich mit Gästen. Internationale Berühmtheiten – und wie ein Kometenschweif folgten ihnen ihre Bewunderer. Schauspieler, Schriftsteller aus aller Welt genossen nach dem Zwang der grauen Jahre die Schlichtheit hier in der Natur.

Langsam begann sich auch die Mode wieder an das Spiel der Nichtigkeiten zu erinnern, das aus grauen Mäusen Feen zaubern kann. Die einfachen Sandalen wurden mit Muscheln und Perlen bestickt. Die Frauen trugen zum Strand wehende Gewänder aus durchsichtigem Gewebe, das, wenn der Wind es erfasste, ein Stückchen Haut entblößte, das mehr Erotik versprach als die völlige Nacktheit. Man durfte wieder „Frau" sein. Positano erfand eine neue besondere Mode.

Das Wirtschaftswunder überraschte die Welt. War es ein Wunder? Nein. Es war nichts weiter als die harte Arbeit, schwere, konsequente Schufterei auf allen Gebieten des täglichen Lebens. Jeder Mensch war Teil dieses Wunders, hatte oft bis zur Erschöpfung gearbeitet, um aus dem Elend ringsherum heraus zu kommen. Sie alle hatte ein Recht, sich an diesem Wunder zu erfreuen.

Bald wurde Carlinos Hotelchen zu eng. Die Ansprüche der Gäste wuchsen über die dortigen Möglichkeiten hinaus. Die Begeisterung für das einfache Leben machte der Sehnsucht nach Luxus Platz. Das kleine Miramare bestand ja eigentlich nur aus dem größeren Kubus seines Elternhauses, mit dem vergrößerten Speisesaal, den Wirtschaftsräumen und einigen Appartements. Alle anderen Zimmer befanden sich in den angemieteten Häuschen, die von Auswanderern verlassen, von Carlino umgestaltet und dem Stil des Hauses angepasst worden waren. Plötzlich besannen sich aber die

Eigentümer, die zumeist in den USA lebten, wo sie in New York ein Klein-Positano gegründet hatten und wo positanesisch gesprochen, gekocht und geheiratet wurde, auf ihre alten Ruinen. Und sie besannen sich, als der Ruhm des Miramare bis dort gedrungen war, auf das lukrative Geschäft mit Immobilien. Die Mieten stiegen sprunghaft an. Die verstreut liegenden Zimmer zu versorgen, war nun kein Spaß mehr.

Carlino dachte an ein neues Hotel.

Doch trotz des sichtbaren Erfolges merkte Carlino rasch, dass auch ein außergewöhnliches Hotel kein Spielzeug war. Der Strom der Gäste durfte nicht abreißen, denn im Hintergrund lauerten die Schulden, auf denen er diese Erfolge aufgebaut hatte. Carlino besann sich auf das alte Notizbuch seines Mentors, des Schriftstellers Engstaadt, und durchsuchte die Adressen der Freunde, die dieser damals mit ihm besucht hatte. Wer wäre ein ansprechbarer Gast für eine Einladung in sein Hotel? Denn dass er zunächst nicht mit zahlenden Freunden würde rechnen können, war verständlich.

Zunächst schrieb er an eine alte Lady, deren Besitz in Südengland ihn als Kind so beeindruckt hatte. Beim weiteren Blättern erinnerte er sich an eine verwunschene Schlossruine, die den Hintergrund für einen der Krimis von Engstaadt bildete, mit den Schauergeschichten der Ahnen und den nebelverhangenen Landschaften Schottlands. Dann tauchten in seinem Gedächtnis die Familie auf und die wunderschönen Tage, die er bei ihr hatte verleben dürfen. Er war damals ja noch ein Junge gewesen, offen für die fremden Eindrücke, die seinem sonnendurchtränkten Heimatland derart entgegenstanden, dass es sich oft heimlich in den Schlaf geweint hatte vor Heimweh.

Aber er entsann sich auch, dass dort ein kleines Mädchen war, und wie sie in seiner freien Zeit ihre wilden Spiele mit der Brandung spielten und in den niederen Wäldern auf die Tiere lauerten. Ein wildes Mädchen war die Kleine gewesen, die – wie er auch – keine Furcht kannte. Wie lange waren diese früheren Tage vergessen…

Carlino schrieb einen langen Brief an Sir R.,
hoffend, dieser möge sich auch erinnern… Er
fügte ein paar Fotografien der amalfitanischen
Küste bei und - nicht ohne Stolz – von den
Räumen seines kleinen Hotels. Und mit einiger
Fantasie konnte man dies für den ersten Hotel-
Prospekt halten, den Positano in die Welt
sandte.

Kaum eine Woche verging und es kam ein
begeistertes sonnenhungriges Schreiben mit der
Bitte um nähere Auskünfte über die Anreise.
Denn die war für Positano noch nicht die
bequemste, sie war voller Überraschungen und
Schwierigkeiten.
Die fallenden Apfelblüten wirbelten wie
Schneeflocken durch die Gassen und die
zartrosa Blüten der Aprikosen häuften sich zu
kleinen Kissen zusammen. Eifrige Bienen
suchten nach frisch erblühten Honigquellen,
und stoben auf, wenn ein Wind sie bewegte.
Meer und Himmel verschwendeten ihr
intensives Blau.

Als das Taxi mit der schottischen Familie an
der kleinen Piazza Mulini hielt, brachten zwei

Jungen die Koffer zu der engen Gasse und zu der kleinen Tür, hinter der niemand das charmante Hotel vermutet hätte. Sir R. begrüßte Carlino wie einen alten Freund und erklärte lachend, dass seine Seefahrten auf dem Nordmeer nie geschafft hätten, ihn seekrank zu machen, dass aber die kurvenreiche Straße ihn in Trance versetzt habe.

Aber Carlino, der weltgewandte Gastgeber, war verstummt. Er vergaß die selbstverständlichste Höflichkeit und es brauchte Sekunden, bis er wieder zu sich kam. Denn der erste Blick auf das junge Mädchen, die Tochter Eireen, traf ihn ins Herz. Er hatte nicht realisiert, dass das wilde kleine Mädchen, mit dem er vor Jahren gespielt hatte, dem die blonden Zöpfe beim Laufen um die Ohren geflogen waren, inzwischen zu einer Schönheit herangewachsen war. Er verstummte und schlich still wie ein Schuljunge hinter der Gruppe her, um die Räume des Hauses zu erläutern. Er war im Innersten getroffen.

Eireen hingegen flirtete sich munter durch den Abend, während ihr Vater nicht genug über den Schwertfischfang hören konnte.

In den nächsten Tagen waren die jungen Menschen immer zusammen. Sie kabbelten und neckten sich wie früher, nur hatte alles einen anderen Tenor. Es knisterte gefährlich und eine unbeabsichtigte Berührung erschreckte sie oft, als hätten sie sich verbrannt. Die kleinen Funken waren oftmals nahe dran zur Flamme zu werden. Aber wenn sie zusammen zu den Höhlen am Ufer schwammen, oder in der Sonne liegend über die Unendlichkeit sprachen, so genossen beide das gefährliche Spiel und glaubten, sich ihrer Grenzen sicher zu sein. Nur manchmal sprang Carlino jählings auf und lief davon – wichtige Geschäfte vortäuschend.

Er war sich sehr bewusst, wie nahe in jedem Augenblick der kleine Schritt zur Katastrophe war. Aber das Spiel war zu verführerisch.

Wenn er allein war, dachte er verzweifelt über die Unmöglichkeit seiner Situation nach. Er war ein gut aussehender junger Mann. Und was sonst? Er hatte ein kleines Hotel, das aus dem Nichts entstanden war. Er sah die Wirklichkeit in all ihrer Grausamkeit. Die Risse in den Wänden, die mühsam unter neuem Kalkanstrich verborgen waren. Blühende

Pflanzen verdeckten Stellen, wo der alte Schimmel sich wieder zeigte. Und er dachte an die hohen Wände mit den Reihen von kostbaren Büchern in dem Schloss in Schottland. Auch dort war ein Teil des Hauses eine Ruine, aber die Tradition einer alten Familie war so stark wie eine Mauer.

Und er dachte an die Klosterschule bei den Nonnen in seiner Kindheit und an das rührende Bemühen der Nonnen, den Jungen den Katechismus zu lehren, über den hinaus kein Weg führte. Er dachte an die Orden geschmückten Ahnenbilder und er sah seinen Vater, so geliebt und bewundert, wie er stolz und tapfer seine Armut ertrug.
Aber doch konnte er sich nicht von Eireens Nähe trennen und kehrte zu dem Traum aller Liebenden zurück, die erwarten, dass der Himmel Sterne auf sie regnen lässt.

Carlino wusste genug über die hinterhältigen Spötteleien der Gesellschaft und um die zerstörerische Kraft ihrer Kritik. Was hätte er dem entgegen zu setzen, um den Menschen, den er liebte, zu schützen? Es wäre ein hoffnungsloser Kampf geworden, der alles Zarte und Schöne zerstören würde. Noch war Zeit, innezuhalten und Eireen seine Situation zu erklären. Aber Worte haben noch nie den Zauber einer Verstrickung der Gefühle beschwichtigen können. Carlino hatte nicht die Kraft dazu.

Am Morgen war die Luft drückend. Halb im verwaschenen Nebel verborgen, schien die Sonne wie ein kupferfarbener, ausgeglühter Backofen. Scirocco kündigte sich an. Das Meer lag unbewegt wie eine bleierne Masse. Leblos. Der aufkommende Wind kämmte über die Oberfläche und wischte ein paar Tropfen zu einem spitzen Streifen zusammen. Wie ein heißes feuchtes Tuch legte sich die Luft auf die Glieder und machte das Atmen schwer.

Carlino legte Eireen ihr Tuch über den Kopf und vor Mund und Nase, denn der immer stärker werdende Wind rieb wie ein Reibeisen über die bloße Haut. Das ist der Wind der Sahara, sagte er, der rote Sand aus der Wüste.

Sie suchten nun Schutz unter den überhängenden Felsen am Strand, aber die drückende Schwüle machte jeden Schritt zu einer Anstrengung. Die Luft war wie mit Elektrizität aufgeladen, Eireen war ungewöhnlich reizbar. Was ein lockerer Scherz sein sollte, kam mit ungewohnter Schärfe wie ein Angriff.

Sie reizte Carlino, warf ihm Schwäche vor und den Mangel an Zärtlichkeit. Carlino verstummte. Er kannte die Wirkung eines Scirocco auf die Sensibilität, schob Eireens Aggressivität auf den ihr fremden Wettersturz. Aber ehe er dies zu erklären versuchte, brach über ihnen die tief lastende Wolke zwischen den Felsen. Ein einzelner durch die Nähe und den Widerhall unwirklicher Donnerschlag erschreckte Eireen zutiefst, ihre Knie gaben nach, sie griff nach Carlino und riss ihn mit sich zu Boden. In ihrer panischen Angst klammerte sie sich an ihn. Die Wolke ließ ihre Last in einem Schwall warmen Wassers auf sie fallen, so dass sie im Augenblick völlig durchweicht waren. Durch das dünne nasse Gewebe, das an ihnen klebte wie die eigene

Haut, spürten sie ihre Körper warm und lebensvoll.

Als das Gewitter sich rumpelnd in die Schluchten der Berge zurückgezogen hatte, löste sich auch das Meer aus seiner bleiernen Erstarrung und nahm seinen Rhythmus der anrollenden Wellen wieder auf. Unter dem ausgehöhlten Uferfelsen verschmolzen die beiden Menschen in der Glut der einen Sekunde, auf die sie die Natur listig vorbereitet hatte.

Und alles war gut.

Am anderen Morgen leuchtete der Himmel in kühlem Porzellanblau. Carlino holte seinen Speer und die schmale Taucherbrille. Mehr brauchte er nicht, um einen Fisch zu jagen, dessen bevorzugten Platz er kannte. Und lief zum Strand hinunter. Eireen kam ihm entgegen, aber anstatt ihn mit fröhlichen Scherzen zu begrüßen, warf sie sich weinend in seine Arme. Verwirrt und verstört berichtete sie, ihr Vater habe die Abreise für den nächsten Tag festgesetzt. Und dann brach die Erklärung ihrer

Situation aus ihr heraus. Ihr Vater erwartete ihre Zustimmung zu einer schon lange vereinbarten Heirat mit einer wichtigen Persönlichkeit der Gesellschaft.

Kein Blitz schlug ein. Die Erde brach nicht auf. Carlino löste vorsichtig Eireens Arme, die sie um seinen Hals geschlungen hatte. Hielt sie weit von sich fort und sagte: „Geh. Und geh schnell. Du weißt, was Du tun musst." Dann riss er sie noch einmal an sich und küsste sie mit seiner ganzen Leidenschaft. Er ließ sie los und griff nach seinem Speer, rannte zum Meer hinunter und warf sich in die Wellen, um seinen Fisch zu töten. Sein Schrei „Ich liebe Dich", verhallte im Wind.

Aber der Schock saß tiefer. Von nun an hatte Carlino das Interesse am Miramare verloren. Er erschien nicht mehr zu den kleinen abendlichen Festen. Das Spiel mit dem Hotelchen, das durch seine Originalität so berühmt geworden war, hatte seinen Reiz für ihn verloren und dümpelte nur noch im Brackwasser eines unpersönlichen Tourismus. Carlino beschäftigte nur noch ein Gedanke: Er musste etwas

Einmaliges schaffen, etwas ganz Neues, ein kleines Paradies. Und Könige sollten an seinem Tische sitzen.

Was ihm früher ein Spiel gewesen war – jetzt war er besessen von dieser Idee.

Kapitel sechs

Aber jählings brach die Realität mit ihren Bedrohungen in diese Idylle ein. Findige Geologen hatten in der Bucht von Amalfi Öl im Meer entdeckt. Schon waren die ersten technischen Vorbereitungen im Gange, als Carlino davon erfuhr. Sein Entsetzen über eine unausweichliche Verschandelung seiner geliebten Heimat kam ihm einer Gottes-lästerung gleich. Er fuhr umgehend nach Rom zu den Ministerien. Er war so in Wut und Angst, dass er kaum einer vernünftigen Voranmeldung oder schriftlichen Eingabe fähig war. Dem Vernehmen nach muss er wie ein Erdbeben in die Ministerien eingefallen sein und mit schmeichelnden Engelszungen gefleht haben. Er hatte geschworen, Roms Minister nicht eher zu verlassen als mit der verbindlichen Absage an jede weitere Bohrung entlang der Küste. Das Ende seiner Mission ist bekannt. Die amalfitanische Küste wurde weltweit zum Kulturerbe ernannt und war gerettet.

Einmal auf dem Weg, die Originalität seiner Heimat zu bewahren, erreichte er einen Baustopp von 30 Jahren in Positano, um der drohenden Verschandelung des Küstenstreifens zuvorzukommen, wie sie Spaniens Küste für Jahrzehnte den Zauber durch riesige Plattenbauten verdorben hatte.

Dass er sich selbst damit die Möglichkeit nahm, in Positano zu bauen, störte ihn wenig. Die Küste war lang genug. Nur die Möglichkeit, einen Platz zu finden, der groß genug für ein Hotel war, erschien angesichts der Felsen, die von der Höhe des Monte bis tief ins Meer reichten, unmöglich. Carlinos Freunde warnten ihn, lachten und erklärten ihn schlichtweg für verrückt.

Auf seiner Suche nach Baugrund wanderte er zunächst die Küste nach Amalfi entlang. Links Felsen, rechts der Abgrund. Die einzigen winzigen Buchten tief unten waren seit Jahren im festen Besitz. In einer weiten Kurve umrandete die Straße eine hufeisenförmige

Schlucht, deren Raum von oben gesehen in einen winzigen unzugänglichen Strand – nicht größer als ein Tennisplatz – endete. Neben der Straße war ein kleiner Platz vor einer dieser winzigen Kapellchen, wie sie die Fischer hin und wieder bauen, als Dank etwa für die Rettung aus einer Seenot.

Carlino umrundete das Kapellchen, sah den Absturz des Berges hinunter, maß mit Schritten das schmale Plateau neben der Kirche. Er hatte Fantasie, aber hier schien es ihm zunächst unmöglich, ein Gebäude zu errichten. Aber die Schlucht hatte ihn fasziniert. Er kehrte um, mietete ein Boot und fuhr die Küste ab. Er beobachtete den Sonneneinfall in die Schlucht, sah ihre Treppchenförmige Felsarchitektur und die Abgeschiedenheit vor den Winden unten am Meer.

Nur ein Verrückter hätte hier die Möglichkeit entdeckt, ein mittelgroßes Gebäude zu errichten. Aber das war nicht die Idee, die Carlino sich für seinen Traum wünschte: Kein Architekt sollte hier eine prunkvolle Hotelfassade aufbauen lassen. Carlino dachte an sein unsichtbares Hotel, verborgen unter blühenden

Pflanzen, eingebunden in die Natur, geformt aus den vorgegebenen Möglichkeiten.

Und der Felsen war erschwinglich. Niemand wollte ihn. Die Kirchenverwaltung war nicht interessiert an einer kostspieligen Renovierung der Kapelle und verzichtete gern auf das Stückchen Küste mit dem Gebäude. Carlino hatte endlich einen Platz für seinen Traum gefunden.

Am Tag nach dem Kaufabschluss fuhr er wieder zu dem Riff – alleine dieses Mal. Denn er wollte seinen Traum nicht dem Gespött seiner Leute aussetzen. Dort kletterte er auf den Kamm des verkarsteten Felsvorsprungs, stieß mit dem Fuß ein paar lose Steine hinunter, wo sie polternd an vorstehenden Kanten aufschlugen, ehe sie dem Blick entzogen, ins Meer plumpsten.

Am äußersten Rand hockte er sich nieder und sah die Küsten der beiden Seiten entlang. „Dies ist mein Land", dachte er. „Das Ferne leuchtet. Ein trockener Fels. Ich werde seine Kargheit bedecken, seine Wildheit erhalten, aber Blumen werden darauf wachsen." Carlino sah sich suchend um und fand neben einem uralten Ast einer verkrüppelten Bergkiefer oder Pinie ein noch junges Pflänzchen, das sich mit winzigen Würzelchen in eine Ritze klammerte. Vorsichtig löste er es aus den brüchigen Steinen und setzte es in eine größere Spalte. Mit den Händen kratzte er ein wenig lockere Erde zusammen, gab ihm etwas Halt, bis es aufrecht stand. Dann ging er zurück zu seinem Wagen, holte eine Wasserflasche und eine Flasche Wein und begoss diesen Winzling

damit. „Ich bin verrückt", rief er in die Luft
hinein. „Aber ich bin glücklich!"

Dann trank er einen Schluck vom Wein und
schüttete den Rest über die verdorrten Steine –
das uralte Opfer an die Götter zelebrierend.

Die Felsformation mit der Kapelle, etwa zwei
Kilometer südlich von Positano, hatte sich so
weit vorgeschoben, dass man von dort an der
ganzen Steilküste des Vorgebirges entlang
sehen konnte. Bis zur äußersten Kralle der
ausgestreckten Pranke des Monte. Weiter
sprang der Blick bis hinüber nach Capri, das
sich jetzt vor dem goldenen Abendhimmel
deutlich abzeichnete. Ein Blick, wie er nur ganz
selten geboten wird. Von der Punta Campanella
aus, der Spitze der Halbinsel, waren die Lichter
eines Wagens zu sehen, winzig noch und
immer wieder verschwindend, wenn die
Kurven der Straße die kleinen Buchten und
Felsvorsprünge umrunden mussten.

Man konnte die Kurven bis Positano abzählen.
Von diesem Punkt aus war der Blick
atemberaubend. Häuser oder Orte sah er nicht.
Sie waren an den Hängen des Bergmassivs

hochgeklettert und verschwunden. Dieser Blick war das Entscheidende.

Und hier entstand der erste Raum seines Traumes. Denn ein Haus hätte man es nicht nennen können. Wieder einmal war der Grundriss von den Gegebenheiten geformt – wie so oft in Positano. Die italienische Großzügigkeit der Auslegung von gesetzlichen Vorschriften war sehr hilfreich. Weit genug vom Ort entfernt. Keine Menschenseele in der Nähe. Keine Bucht, in der sich etwa Urlauber befanden, und der Absturz in die Schlucht.

Wer sollte den Eigner dieses wilden Küsten-felsens hindern, seine kleinen Sprengsätze in die Felsen zu treiben, wenn er Baugrund und Steine brauchte? Arbeiter für diese Aufgaben gab es reichlich. Oft genug hatten sich die Fischer mit Dynamit beschäftigt, um die verbotene und zerstörerische Art des Fischens zu praktizieren. So war der Sprengmeister einer, der durch Unkenntnis und Ungeschick eine Hand dabei verloren hatte. Umberto. Ihm konnte man vertrauen, er war gewarnt. Und somit fand er auch eine lukrative Arbeit.

Vom Rande eines kleinen Platzes mit der winzigen Kirche ließen sich etwa 15 Stufen hinunter ausbauen, die zu dem ersten Eingang dieser seltsamen Höhlenwohnung führten. Ein großer Raum, ein Schlafraum mit einem Bad und einer großartigen Aussicht wurden dem Felsen abgerungen, abgesprengt. Carlinos Traum hatte begonnen, sich zu realisieren…

Noch war von der Straße aus von einer Bautätigkeit kaum etwas zu bemerken, da war bereits ein rosaglasgekacheltes Badezimmer fertig. Die Wanne auch in intensivem Pink, ein pechschwarzer flauschiger Teppich, Spiegel und raffinierte Beleuchtung. Luxus pur.
Neugierige Passanten fanden nichts weiter zu bestaunen als eine stabile Rampe auf einem Holzgestell, hart über dem Absturz in die Schlucht. Niemand konnte sich deren Sinn erklären.

Die Bautätigkeit in Positano, wo sich schon einige größere Hotels befanden, hatte sich Dank des Baustopps zwar eingeschränkt, aber nach der uralten Architektur des Südens – ein

Dach ist die Terrasse des darüberliegenden Hauses – fiel doch eine Menge Aushub an, der in der üblichen bequemen Weise mit Lastwagen zum Meer gekarrt und in dessen unersättlichen Schlund geschüttet wurde. Wieder war Carlino mit seinem Weitblick und seiner Naturliebe auf der Hut. Sehr vernünftig orderte er die Lastwagen zu seiner Schlucht, und über die Rampe wurde jeder Bauschutt und jeder Krumen Erde den Abhang hinunter geschüttet. Dort waren schon eifrige Helfer bei der Arbeit, mit den abgesprengten Bruchsteinen kleine schmale Terrassen zu ummauern, und die abgeschüttete Erde dort aufzufüllen. Es hieß in dieser Zeit: Carlino gibt zwei Dörfern Arbeit.

Schon im nächsten Frühjahr hatte Carlino die Schlucht in einen Rosengarten verwandelt, der zwischen den kleinen Stämmchen auch Salat und Gemüse wachsen ließ.

Kapitel sieben

*E*s wurde Ostern. In Köln war das übliche Schmuddelwetter. Grau in Grau, eine ungute Zeit für kreative Arbeit. Gerade im richtigen Augenblick kam eine Einladung von Freunden, die mir ihr kleines Häuschen in Positano für zwei Wochen anboten. Also: Kofferpacken, Fahrkarte holen und weg.

In Rom endete meine übergroße Eile, denn der Bus, der von hier nach Positano fuhr, war schon fort. Ostern in der Pilgerstadt Rom zu sein und kein Zimmer gebucht zu haben, ist ein Abenteuer. Aber mit vielen Fragen und noch mehr Gottvertrauen bekam ich eine Privatadresse in einem Palazzo, im fünften Stock. Ein Fenster öffnete sich oben, und man warf mir ein gepolstertes Bündel mit dem Hausschlüssel hinunter. Marmortreppen ohne Teppich, Messingschilder mit hochadeligen Namen an den Wohnungen, abblätternder Stuck im Treppenhaus. Alles sehr Vertrauen erweckend. Es war inzwischen spät in der Nacht, also nur Mut. Ich legte meinen Obolus auf den vorbereiteten Teller im Flur. Das Zimmerchen war winzig. Bis ich an der kostbaren Stuckdecke ablesen konnte: Man hatte das Zimmer in viere aufgeteilt. Armut ist keine Schande. Ich hatte ja auch nicht genug. Gesehen habe ich hier an jenem Abend keine Menschenseele.

Unbeschädigt und unerkannt verließ ich am Morgen die aristokratische Schlafstätte, holte den Koffer vom Bahndepot und trabte zum Bus an der Piazza Navone.
Die lange Fahrt verlief problemlos. Ich freute mich am Wiedersehen lange bekannter Gegenden und ihrer Veränderungen. Die letzten Kilometer boten dem allzu langen Bus ihre Kurven. Oftmals hing das Fahrzeug mit einem Rad über dem Abgrund. Es war gut, ruhig sitzen zu bleiben, um das Equilibre nicht zu stören. Und es war gut, die Augen zu schließen und ein Vaterunser zu beten, während der Fahrer Zentimeterweise hin und her rangierend die gefährlichen Stellen umschlängelte. Endlich

im Häuschen der Freunde angekommen, legte ich mich auf die vom Wein überrankte Terrasse und ließ Beine und Seele baumeln.

Zwei Tage lang himmlische Ruhe bei strahlend schönem Wetter. Dann ging das Telefon und mit vielen Entschuldigungen erklärten mir meine Gastgeber, sie hätten ihre Pläne ändern müssen. Sie benötigten ihr Haus nun selbst. Kein Problem. Oder doch? Denn auch hier waren die großen Hotels noch nicht eröffnet und die kleineren Pensionen ausgebucht. Carlinos Miramare Hotel bedauerte ebenfalls. Er kam selbst heraus, um mir einige Häuser zu nennen, die vielleicht etwas frei hätten. Ich wollte mich also auf die Suche machen, und er lief die anderen Treppen hinunter. Plötzlich blieb er stehen, drehte sich um und rief mir zu, er habe eine Idee...

Wer hätte das damals ahnen können, dass in diesem Augenblick der Stil und die Einmaligkeit seines neuen Hotels geboren wurde. Er sagte, er habe etwas außerhalb für sich eine kleine Villa zu bauen begonnen. Falls es mir nichts ausmache, inmitten einer Baustelle zu wohnen, so stünden mir Schlafraum und Bad zur Verfügung. Überglücklich willigte ich ein.

Spontane Hilfsbereitschaft ist eine Gottesgabe. Lässt sie sich aber mit einem gewissen Nutzen für jeden Beteiligten verbinden, so wird sie zu einer gelungenen Symbiose und entbindet von allzu belastender Dankbarkeit.

Wir fuhren zu der kleinen Kirche, und Carlino hielt an. „Und wo?", fragte ich angesichts des Nichts, das ich da sah. „Es ist gerade Erde angeschüttet worden. Am besten, Du ziehst die Schuhe aus, es ist auch nicht ungefährlich, so lange das Zeug sich nicht gesetzt hat. Es sind immerhin 80 Meter bis nach unten." Schwindelfrei musste man also schon sein. Aber dann das Schlafzimmer! Das breite Bett! Über dem Kopfende ein riesiger barock geschnitzter Strahlenkranz aus vergoldetem Holz. Der Blick durch die Fensterwand die Küsten entlang bis nach Capri, über das Meer! Im Raum standen nur eine antike Kommode, ein barocker Spiegel, Sessel. Kein schwerer Schrank, kein unnützes Möbelstück. Nur der Ausblick!

Carlino nahm aus einem Kästchen, das aussah wie eine Zigarettendose, ein silbernes Stäbchen. „Bleib mal einen Augenblick im Haus, die brauchen draußen ein paar Steine." Stille. Dann ein mittleres Donnergetöse. Es waren kleine Minen gewesen, die wie ein harmloses Pfeffer-Salz-Gefäß aussahen.

Carlino zeigte ein weiteres Zimmer: „Was meinst Du, könnte man mit dieser hässlichen Tür zum Schlafzimmer machen? Sie ist wie fast alle Türen hier in Positano in der etwas groben Kopie nach dem Palazzo Murat gemacht."

„Bemalen", sagte ich und sah schon die Motive vor mir. Carlino ließ die schnurrende Katze aus dem Sack: „Es gibt da eine echte Barocktür aus dem Palazzo Murat, wir sollten sie uns ansehen." Wir stiegen wieder in seinen winzigen Golfwagen, die man hier üblicherweise wie normale Autos benutzte, und fuhren zurück nach Positano. In einem elegant möbliertem Häuschen war die Tür - wie immer zweigeteilt durch einen breiten Steg, mit etwas zu deftigen Einfassungen. Aber die zierliche Malerei war bezaubernd mit ihren Kringeln, Muschelformen und den zwei figürlichen

Motiven in den Flächen. Ich war begeistert. „Das kann ich Dir kopieren", sagte ich spontan, ohne an die erforderliche minutiöse Mühe zu denken.

Wieder mit dem kleinen offenen Wägelchen fuhren wir beide nach Sorrento, um das notwendige Material zu besorgen. Denn in Positano gab es nichts Brauchbares. Zum Glück fand sich eine Rolle Transparentpapier, es wäre unmöglich gewesen, ohne genaue Kopie diese spitzenähnliche barocke Umrahmung der figürlichen Szenen zu entwerfen.

Durch meine grafisch-künstlerische Arbeit in Köln geschult, hatte ich mich bereits in diese Aufgabe verliebt. Über Geld wurde nicht gesprochen. Carlino hatte mir geholfen und es war selbstverständlich, dass ich ihm half. Diese erste Türbemalung dauerte tagelang, ich musste mich in den barocken Pinselstrich einarbeiten, um nicht nur ein mühsames Nachahmen zu erreichen. Aber der Spaß an der Gestaltung, die Mitarbeit an diesem verrückten Projekt war die Mühe wert.

Beim Abschied bat ich Carlino um spätere Aufgaben, sobald sein Haus fertig sei. Wie sich herausstellen sollte, wurde es nie fertig – denn nach seiner Lebenseinstellung „der Weg ist das Ziel" und seiner rastlosen Fantasie, gab es immer etwas zu verbessern. In den folgenden Jahren dekorierten meine bemalten Türen Raum um Raum in immer neuen Variationen.

Schon seit Jahren hatte Carlino das Kapellchen San Pietro, das dem Hotel seinen Namen geliehen hatte, in sein Reich mit einbezogen. Die Rückwand hinter dem Altar wurde eingerissen und durch eine Glaswand ersetzt, die nur durch dünne Stahlträger gehalten wurde. Ungehindert ging nun der Blick über das Kruzifix und den Altar weit zum Meer hinaus, das sich in der Ferne mit dem Himmel vereinigte. Wer eine außergewöhnliche Hochzeit feiern wollte, hatte hier mit dem Festessen im Hotel das Exklusivste gefunden. Längst schon hatte sich das flache Plateau neben der Straße zu einem Parkplatz erweitert, der den winzigen Einstieg zu jenem Telefonzellenähnlichen Fahrstuhl bot, mit dem man bequem zur Rezeption gelangte. Aber die Bequemlichkeit für die Gäste hatte ihren Preis.

Während in den frühen Jahren das Hotel als das sicherste von Süditalien galt, mit seinem einzigen Eingang vom steilen Garten aus, so bewachten jetzt zwei scharfe Schäferhunde den Parkplatz bei Tag und bei Nacht.
Carlino, der diese Entwicklung mit Sorge beobachtete, meinte, wenn er an der Rezeption eine Pistole bräuchte, wolle er nicht mehr leben.
Einige Gäste, ehemals Besucher seiner kleinen Pension in Positano selbst, waren immer noch gute Freunde des Hauses. Aber sie waren älter geworden. Die 500 Stufen durch den Rosengarten waren bis zum Badeplatz noch zu schaffen, aber der Rückweg in der Mittagshitze war eine Zumutung. So war – allen Schwierigkeiten zum Trotz – der Fahrstuhl durch die 80 Meter Felsen gebaut worden, der in einer natürlichen Höhle endete. Denn der Badeplatz mit der gut gefüllten Bar war der beliebteste Ort. Manche internationale Geldtransaktion wurde von hier aus in der Badehose per Telefon geregelt.

Carlinos Hotel wuchs und wuchs. Von der Straße aus nicht einsehbar, etwa zwanzig Stufen hinunter zwischen Blumen und fremdartigen Büschen lag die Eingangstür zu einer großen hellen Halle, deren Glastüren auf eine große weite Terrasse führten, zur Rezeption und dem Speisesaal. Wo war der riesige Felsblock geblieben, der den Blick nach unten versperrt hatte?

Der Rezeption gegenüber führte eine breite geschwungene Treppe - nicht durch ein Gitter begrenzt, sondern durch viele Töpfe mit Blumen - in die unteren Regionen. Lange fensterlose Gänge, durch die man zu vielen Zimmern und Appartements kam. Der Grundriss war undurchschaubar. Alle Räume waren lichtdurchflutet und kein Balkon oder keine Terrasse waren einsehbar. Nur wer sich für dieses Wunder der Raumvermehrung interessierte, konnte entdecken, wie viele Wände sich hinter der geglückten Camouflage aus großblättrigen Pflanzen verbargen. Wer sich an die Geschichte jener Küsten erinnerte, begreift auch die verwinkelte Bauweise der kleinen Küstenorte, die sich vor den Überfällen vom Meer her wie auch zu Lande schützen mussten. Das Höhlengewirr, die unterirdischen Fluchtwege, geben von den räuberischen und den wechselvollen Besatzungen genug Zeugnis.

So schien sich diese Bauweise immer wieder zu vererben, dass die Höhle die sicherste Wohnung der Menschen sei. Matera, die in die Felsen gebrochene Stadt im südlichen Apulien, schützte sich so vor dem grellen Licht, der Hitze und dem Feind.

Etwa dreißig Appartements wurden bereits von Gästen bewohnt. Der große Speisesaal, an dessen hinteren Ende der Pizzaofen am Abend lustig flackerte, war überdacht. Aber ein Hotel in einer so anspruchsvollen Aufmachung blieb bei so wenigen verfügbaren Zimmern nicht finanzierbar. Carlino, der jeden Quadratmeter seines felsigen Reiches kannte, sah mit Sorge die Möglichkeiten schwinden, die ihm sein Felsen als Baugrund zu bieten hatte. Seiner riesigen Terrasse einen Zentimeter abzuzweigen, verweigerte er. Carlino verteidigte diesen herrlichen Platz wie die letzte Wasserstelle in der Wüste.

Die Südflanke des Riffs fiel fast senkrecht zu einer sehr schmalen Spalte ab, bewachsen von kriechenden, kletternden Pflanzen, die nie von menschlicher Hand gezähmt worden waren. Nur tief unten konnte man einige Stufen erkennen, die das Wasser überspülte. Hier waren selbst Carlinos Fantasie Grenzen gesetzt.

Der Schöpfer der Idylle, gefolgt von Umberto, der längst einer der wichtigsten Leute bei der Suche nach Baumöglichkeiten geworden war und der mit seiner abgesprengten Hand zum Kern der Anhänger von Carlinos verrückten Ideen gehörte, dachten über neue Wege nach. Carlino fragte nach diesen Stufen, die der Sage nach früher und auch im letzten Krieg zum Schmuggel und der Umgehung mancher Zollschwierigkeiten genutzt worden waren, denn nur ein winziges Ruderboot konnte in dieser schmalen Spalte landen. Umberto meinte, es gebe leider keine Möglichkeit mehr zur Nutzung, seit Carlino sein Hotel vor den letzten Ausstieg gebaut hätte. Aber dann siegte die Loyalität gegenüber seinem Patrone über die Verschwiegenheit. Umberto war es sicherlich schwer, ein so lange bewahrtes Geheimnis zu verraten. Dann begann er eifrig, einige Steine, Pflanzen und herumliegende Äste wegzuräumen. Ein winziger Aufstieg kam so zwischen dem niederen Grünzeug hervor. Kaum dass man einen Fuß darauf setzen konnte, schlängelte er sich an der Steile hoch. Es war nur für erfahrene Kletterer möglich, die schwindelfrei vor dem Abgrund stehen konnten, dort hinaufzusteigen. Und es war schier unglaublich, wie hier einmal Menschen, beladen mit Schmuggelwaren, hinauf gelangen konnten.

Dann schob Umberto noch einige wacklige Brocken beiseite, und mit der großartigen Geste eines Zauberers wies er Carlino in die Höhlung eines Berges. In die Dunkelheit hinein erschien sie endlos. Carlino nahm sein Feuerzeug zu Hilfe, und mit einem Schrei der Überraschung schlug er Umberto auf die Schulter. „Das sind wenigstens vier Appartementos", rief er angesichts dieses Raumes, der noch die Reste seines früheren Schmuggelgutes bewahrte.
Alte Kisten, zerrissene Zigarettenkartons in Fülle, Stricke, ein vergammeltes Gewehr aus

der Vergangenheit. Eine Szenerie der mühsamen Kleinarbeit, dem Staat ein paar Tausender Lire vorzuenthalten. Dies alles lohne sich nicht mehr, erklärte Umberto. Denn die Flugzeuge hätten die einfacheren Mittel für den weltweiten Schmuggel.

FISCHER MIT NETZEN

URSULA KLUTH

Wenn man unten mit dem Boot an den steilen Felsen vorbei fuhr, so suchte man vergebens nach einem Gebäude. Man sah die steinerne

Balustrade der Terrasse, Kübel voll hängender Geranien darauf, sah pinkfarbene Bäume und Zitronen. Man sah eine Fensterwand, die von rosa und orangefarbenen Vougainvilleas umwachsen war. Die großen Fenster gehörten zu den schönen Salons, der Halle und dem Speisesaal. Dessen Font war von innen über den Glasfenstern durchbrochen, um die Ranken der Vougainvillea hinein zu ziehen, die üppig an Drähten entlang unter der Decke wuchsen und in dicken Trauben herab hingen.

Carlinos Besessenheit amüsierte seine Freunde. Wo Carlino einen Stein setzt, pflanzt er sofort eine Blume dazu, hieß es. Er ließ sich sogar an einem Seil an der Felswand hinunter, um in einige Löcher Geranien oder Kletterpflanzen zu setzen.

Auch Vögel wollte er in seinen Garten locken. Etwas, das dem Italiener ganz unverständlich war, der sich die Vögel nur vor seine Flinte wünschte. Carlino baute katzensichere Nistkästen zwischen die Bäume und fütterte sogar im Winter. Nur sein unvergessenes Kindheitserlebnis würde er wohl nie mehr sehen. Einst hatte er einen Kolibri beobachtet, wie er fast stehend in der Luft vor einer Blüte zitterte. Ein Vibrieren eher als Fliegen, um seinen langen gebogenen Schnabel, dünn wie eine Nadel, in die Blüte zu senken.

Der Kampf der Menschen gegen Moskitos und Fliegen hatte wohl auch diesem winzigen Wunder der Natur die Lebensmöglichkeit entzogen. Nur die Fliegen hatten den Kampf gewonnen.

Kapitel acht

*Ü*ber all seinen Plänen, den Sorgen und der Einarbeitung der Angestellten, deren Zahl mit dem Anstieg der Zimmeranzahl ebenfalls größer wurde, war Carlino wohl der Gedanke einer Heirat ganz abhanden gekommen. So fehlte nun eine weibliche Leitung für die wichtigsten Alltäglichkeiten im Hintergrund. Wer konnte die Küche, die Wäscherei, die Zimmermädchen in diesem schwierigen Gelände übersehen? Aber Carlino hatte Glück. Die südländische Tradition der Familien-zusammengehörigkeit half ihm auch aus diesem Engpass. Seine junge Nichte Virginia, die ihren Onkel bewunderte und vergötterte, sah sich plötzlich als Hüterin des Tafelsilbers, der täglich zu wechselnden Bettwäsche und der Überwachung peinlichster Sauberkeit bei den Zimmermädchen.

Anfangs hörte man oft ein verzweifeltes „Zio! Zio! Onkel!", wenn Virginia nicht mehr weiter wusste. Aber schnell und klug verstand sie es, ihre schwierige Aufgabe mit Bravour und nach dem Willen des Onkels zu meistern. Es würde ja eines Tages ihr und vor allem ihrer beiden Söhne Erbe sein, und in einem waren sich alle Beteiligten einig: Alles sollte in Carlinos Sinn weitergeführt werden, so weit es möglich sei.

Virginia war blond und schmal, mit dem strengen Profil ihrer Herkunft, unübersehbar ein Nachkomme aus der Kolonie der Griechen, die wohl den einen oder anderen Tempelbauer in Päestum vergessen hatten. Auch ihr Bruder, Salvatore, hatte seine Position im Hotel, er arbeitete an der Rezeption. Nie habe ich einen sanfteren Menschen getroffen als Salvatore. Oft kam ich in heller Aufregung zu ihm, wenn meine Türen nicht richtig farbig grundiert waren und ich mit meiner Arbeit nicht weiter kam. Er besänftigte mich – nach dem Motto: Lass Dir Zeit, aber heute Abend kommen die Gäste… Ein beruhigendes Wort, keine Aufregung von Salvatore. Abends stand er oft allein auf der Terrasse, schaute zu den riesigen

Sternen hoch und sagte nur: „Wie schön!" Mir schien darin alles ausgedrückt, was er der Schöpfung an Dank zu sagen wusste.

Nur eine Persönlichkeit wie Carlino konnte seinen Gläubigern die Hoffnung erhalten, dass sie jemals zu ihrem Geld kommen würden. Die Schwierigkeiten steigerten sich mit der Größe des Projektes. Aber unbeirrt hielt das Team der

Angestellten zu ihrem Patrone, der für sie alle wie ein Vater war. Vom kleinen Pizzabäcker bis zum eleganten Manager an der Rezeption bestanden sie die lange Prüfung, bis sich die ersten wirklichen Erfolge auch finanziell einstellten. Auch hier war das Motto: Gezahlt wird nach der Saison. Das galt auch für mich.

Mit den illusteren Gästen kam der Glanz, und wo Glanz ist, da kommen die Gäste. Hollywood hatte Positano entdeckt.

Carlino hatte es sich zur Gewohnheit gemacht, beim Dinner abwechselnd einzelne Tische zu besuchen, indem er einfach sein Gedeck dazu legen ließ. Oder, wenn ein neuer besonderer Gast kam, ließ er mehrere Tische zu einem „Round Table" zusammenrücken, an dem er präsidierte wie der Kapitän eines Schiffes – den Maitre d'Hotel hinter sich, der eine besondere Kostbarkeit des Weinkellers, in eine weiße Serviette geschlungen, wie ein Baby offerierte. Immer wieder brachte er so die Menschen zueinander und schuf damit, dank seiner erprobten Menschenkenntnis, eine freund-schaftliche Atmosphäre, die auch den Charme des Hotels ausmachte. Ob gekrönte oder noch zu krönende Persönlichkeiten – die Gäste fühlten sich sicher in dieser Umgebung.

Seine schmale, elegante Erscheinung, angefangen von den handgearbeiteten weichen Schuhen bis zu seinem Markenzeichen, dem uralten, brüchigen Strohhut, abgefüttert mit rosa gemustertem englischen Chintz, war unübersehbar. Immer gefolgt von seinen Boxerhunden, Napoleon und Joseppina, die er sehr liebte.

Wenn Carlinos exzentrische Fantasie einmal Kapriolen schlug, so half die Natur wieder zur Mäßigung. Wie bei den zwei Gästen aus Südamerika. Eines Tages erschienen die beiden wunderlichen Gestalten auf der Terrasse zwischen den Gästen. Sie watschelten auf gelben Plattfüßen und wedelten mit ihren kurzen Schwimmflügelchen zutraulich, aber unsicher durch die Hibiskussträucher. Pinguine! Diese armen Opfer seiner verrückten Ideen schliefen nachts in der schon beschriebenen Fahrstuhlkabine, dieser großartigen Leistung der Technik, die 80 Meter durch den Fels zum Strand hinunter führte. Eines Tages nahm Carlino die beiden mit an den Strand. Glücklich schnatternd strampelten sie dem Wasser zu, tauchten und wurden nie mehr gesehen. Zu Aller Zufriedenheit.

Längst schon hatte ich meine Position in Köln aufgegeben und verbrachte Wochen schönster Tage zwischen den Gästen, gehalten von der einzigen Anleitung Carlinos, falls ich einmal fragte, ob dem Hausherrn meine Entwürfe gefielen: „Mach, was Du willst. Du bist die Künstlerin." Jedoch immer mit dem Antrieb: „Lass Dir Zeit. Aber heute Abend kommen die Gäste." Wobei es Carlino egal war, ob die Malerei dann noch nass war. Sollten sich die Gäste doch in Acht nehmen. Wenn es einmal nicht anders ging, weil eine komplizierte Dekoration länger dauerte, ließ er einfach die Tür aushängen, und der Gast sah sich somit mit seinem offenen Badezimmer konfrontiert.

Mancher der Gäste fragte sich wohl, welchem Stil sich das Hotel zuordnen ließ. Das kümmerte den Hausherrn wenig. Es war ein Hotel und kein Museum. Es musste dem

Wohlbefinden der Gäste dienen, und jeder hatte eine andere Vorstellung davon. Es war Carlino immer wichtiger gewesen, einen bereits gewachsenen Baum zu retten, gegebenenfalls um ihn herum zu bauen, als einen architektonisch perfekten Raum zu konstruieren. Für ihn musste der Raum sich dem Anspruch der Natur fügen. Für die Weite seiner Gedanken bot sich das Meer, boten die ständig wechselnden Wolken Freiheit genug. Der Innenraum war die Zelle. Die leichte Dekadenz der Dekoration, unterstützt von antiken Möbeln und den wunderschön bemalten Fliesen, bestärkte den Gegensatz zur Wildheit der Küste.

Noch mehr fügten sich die dekorativen, lebensgroßen Figuren ein, die ihm der Regisseur Franco Zefirelli überließ, als er seinen berühmten Film „La Traviata" abgedreht hatte. Sie standen nun als Wächter an der Treppe in der Halle oder in dem riesigen Appartement von Leonard Bernstein, der während seiner Gastspiele in Rom, Mailand oder Neapel immer im „Il San Pietro" wohnte. So ließ ich auch alle Ambitionen zu den modernen Stilrichtungen der Kunstszene außer Acht und fügte mich dem, was zu dem Vorhandenen passte. Glücklich, den Vorschriften der Ausstellungskriterien zu entrinnen. Von den zarten barocken Gittern der ersten Türen bis zu leichten Blumen-dekorationen französischer Schlösser oder zur Abwechslung kleiner Still-Leben von Fischen, Krebsen oder Muscheln – die Küche bot eine so reichhaltige Auswahl an Motiven.

Für das 120 Quadratmeter große Appartement von Bernstein, welches natürlich auch anderen anspruchsvollen Gästen zugänglich war, hatte ich mir schon in Köln Vorlagen griechischer Tonkrüge mit Malereien besorgt, die sich in Kreise einfügen ließen. Denn sieben Türen in dem Raum, für Wandschränke, Badezimmer, Diele und Eingang waren eine Heraus-forderung. Dazu passte auch das römische Bad, das in den Boden eingelassen und mit rosa Marmor ausgelegt war. Über dem Wasserspeier befand sich eine kleine Tonfigur eines hier sehr unheiligen Adoranten.

Im Laufe der Jahre, in denen ich zwischen Köln und Positano hin und her pendelte (längst bequem mit dem Flugzeug), hatte ich wohl zwanzig Zimmer mit zwei oder mehr Türen ausgemalt. Aber immer noch blieb mir der Grundriss der Raumordnung ein Rätsel.

Da gab es etwa an dem schmalen Gartenweg, die Bruchsteinmauer entlang, eine Stelle, wo die Steine eine glattere Oberfläche aufwiesen. Von einer Tür war hier allerdings nichts zu sehen. Doch einmal öffnete sich die Wand, um eines der Zimmermädchen heraus zu lassen, eine steinerne Schiebetür. Wie ein Wunder an Präzision und Technik lief sie auf Schienen in die Mauer hinein. Die eleganteste Form einer Geheimtür.

Hier verbarg sich Catherine Deneuve.

Leise, wie eine Fee im Märchen, erschien sie zur Abendtafel. In einem elfenbeinfarbenen, eng anliegenden Kleid, hoch geschlossen, aber mit freiem Rücken, ohne modische Accessoires. Nur eine gelockte Strähne ihres goldenen Haares fiel über die Schulter, und das war Schmuck genug. Nur eine echte Blondine hat dieses leuchtende Gold, das niemals durch

Bleichmittel stumpf geworden ist. Sie kam mit einigen Freunden. Niemand wagte zu fragen, wer davon wohl ihr engster Begleiter sei.

Es wird immer ein Rätsel bleiben, wie sich eine schöne Frau bei allem liebenswürdigen Charme ihre Unnahbarkeit bewahrt. Vielleicht ist es die Jahrhunderte alte Kultur und Erziehung des alten Europa, Frankreichs, die diese Haltung vererbt, die nicht erlernbar ist... Man müsste ein Dichter sein, um den Blick zu beschreiben, wenn sich ihre Lider aufschlugen. Ganz als öffnete eine Rose ihre Blütenblätter.

Spät in einer lauschigen Nacht verließen einst die Gäste die Halle und verteilten sich auf ihre Appartements. Catherine, geblendet von der Innenbeleuchtung, tappte im Dunkeln durch das Blütengehege des Gartens zu ihren Räumen. Bei Tage kein Problem, aber die vornehme Verstecktheit im Dunkel des Gartens war verwirrend. Die steinerne Türe wies keine greifbare Klinke aus, nur die glatte Mauer. Ihr leises Murmeln, Tasten und Tappen in der Dunkelheit weckte die wachsamen Hunde, deren pflichtbewusstes Knurren den schlafenden Nachtwächter aufschreckte, der dann auf die Gartenbeleuchtung drückte. Und dann umglänzten strahlende Scheinwerfer ein innig umarmtes Paar: Catherine und Marcello Mastroianni!

Was hilft das beste Inkognito, wenn man das Schlüsselloch nicht findet!

Und es gab noch mehr Geschichten in diesen Tagen. Während eines Dinners, das sich zu einem kleinen Fest entwickelt hatte, hörte man von der Halle her Gelächter, Unruhe und Späße. Alle Augen richteten sich zur Tür. Liza Minelli hatte die Szene betreten.

Im Nu verwandelte sich der Raum in einen Wirbel von Bewegung, ein Bündel elektrisierender Energie verströmte diese kleine Person, die keinen Augenblick in gleicher Pose blieb. Sie wechselte jede Bewegung wie in einem ständigen Tanz, als gelte es, sich selbst vor den Blicken zu schützen.

Gern hätte ich eine rasche Skizze von Lizas Auftritt gemacht so wie bei den Kölner Premieren für die Zeitung. Aber es war unmöglich. Es schien, als wolle sie ihr Gesicht verbergen, in der Sorge, neben der Schönheit ihrer Mutter, Judy Garland, nicht zu bestehen. Aus welchen Quellen schöpft ein Mensch ein Temperament wie das ihre? Mit welchem Esprit entzündet sich das Feuer immer neu? So flossen der Champagner und der Wein, um den Motor immer und immer wieder aufzuheizen.

Spät nachts huschte Liza in ihrem glitzernden Mantel durch die Halle und nahm den Fahrstuhl zum Strand hinunter. In größter Besorgnis folgte Carlino ihr mit einem Angestellten, als der Fahrstuhl wieder oben war.
Am Strand warf Liza ihren Mantel ab und bot dem Mondlicht ihren silbern schimmernden Körper dar, bevor sie in das Wasser tauchte. Der Schock der Kälte auf den angeheizten Blutdruck hätte ihren Tod bedeuten können. Doch kaum bis zur Hüfte im Meer erinnerte sie sich wohl, dass es nicht ihr eigener geheizter Swimmingpool war; der Rausch verflog und sie warf ihren Mantel über in dem Augenblick, als Carlino aus der Höhle des Fahrstuhls trat, um das zitternde und frierende Menschlein wieder hinauf zu begleiten.

Amerikanische Magazine brachten bebilderte Berichte über dieses seltsame Hotel. Hollywood, das Klatschnest aller Neuigkeiten, schickte seine neugierigen Abgesandten.

Eines Tages kam Gregory Peck den Strand entlang - lässig, aber einem Wildling gleich, der nur zögernd die ersten Schritte aus dem Käfig in die Freiheit wagt. Ich entdeckte ihn zuerst, und ein kleiner Stich blieb für immer in meiner Erinnerung. Ein Mann von unverwechselbarem Charme. Er kam zu uns an den Tisch, nicht etwa, weil wir besonders attraktiv waren. Es gab nur zwei Tische an dieser kleinen Bar.

Sofort stürzten sich Autogrammjäger auf ihn, während ich auf eine Papierserviette eine rasche Skizze von ihm machte, unterschrieb und ihm hinschob. Seine Frau stand hinter ihm, ein kleiner Luftzug verwehte ihr Haar und entblößte eine Reihe kleiner Narben, das Schlachtfeld des vergeblichen Kampfes gegen die gnadenlosen Jahre.

Wer setzt diesen Frauen ein Denkmal, ihrem Mut und ihrer Kraft, mit der sie dem Mann auf den ersten Stufen zu seiner Karriere geholfen hatten, wohl wissend um die Grausamkeit des Ruhmes, der in diesen Kreisen immer neuen Glamour erfordert. Denn mit dem Verblassen der Bilder vergeht der Ruhm.

Kapitel neun

Schon seit Stunden hing eine grünlich-schwarze Wolke satt voll schwerer Feuchtigkeit zwischen den zwei Türmen des Monte und konnte sich nicht lösen. Endlich traf die Abendkühle auf die noch immer erhitzten Kalkschroffen, die Wolke barst mit einem Knall und entlud einen nicht enden wollenden Regen. Der Wind war zum Sturm geworden und stemmte sich gegen die Uferströmung des Meeres, schob die Wellen zurück und türmte sie zu hohen Wogen in der Ferne. Donner und Blitze entluden sich in schneller, ohrenbetäubender Folge. Der Regen strömte.

Inmitten dieses Chaos hielt ein Taxi vor der kleinen Kapelle. Unangemeldet wie stets, wenn er sein kleines Inselreich, die Sireneninseln, besuchen wollte, war der Tänzer Juri Nurejew gekommen. Und wie fast immer bei seinen Besuchen hier, fand sich keine Möglichkeit, mit einem Boot über die aufgewühlte See zu fahren. In liebenswerter Bescheidenheit bat Nurejew an der Rezeption um ein Appartement, gewöhnt, dass alle Welt zu seinen schwebenden Füßen lag. Nur in einem ausgebuchten Hotel konnte ihm niemand helfen. Signor Franco an der Rezeption war untröstlich. Und der Regen hörte nicht auf. Schließlich räumte Carlino seine Privaträume für diesen Gast. Der Sturm behinderte weiter tagelang die Überfahrt. Wo der Hausherr in diesen Nächten schlief, war unbekannt. Aber für solche Gäste hätte er auch mit der Fahrstuhlkabine Vorlieb genommen – wie die Pinguine seinerzeit.

Die kleinen Inseln, die „Galli", die Sireneninseln, hatte Juri Nurejew von Nijinsky übernommen, der sie, Jahre zuvor, von dem russischen Tänzer Massine erhalten hatte.

Für mich war diese kleine Episode ein Anlass, eine der großen Suiten mit den Figuren der Tanzopern auszumalen, wie im „Le Roi Bleu" oder in Stravinskys „Feuervogel". Und da geschah Angelo, dem alten Anstreicher, der mir die Türen nach meinen Angaben grundierte, zum ersten Mal ein Fehler: Ich hatte schon den roten „Feuervogel" fertig, als ich es merkte: Es war die falsche Seite!

Sicher wäre es keine Schwierigkeit gewesen, ihn auf der anderen Seite zu wiederholen, aber wie immer drängte die Zeit. Also schnitt der geschickte Schreiner einfach das Mittelfeld aus der Tür und zauberte es mit Hilfe einer schmalen Leiste in die andere Seite. Diese beneidenswerte Flexibilität der Italiener, begleitet von der Begeisterung gegenüber künstlerischer Arbeit, habe ich hier bei den einfachsten Menschen dankbar empfunden. Gerade da, wo sie auch selbst aus ihren bescheidenen Möglichkeiten die Liebe zu ihrer eigenen Arbeit bewahren.

Positano

116

Kapitel zehn

Manchmal dachte Carlino darüber nach, wo die alten Marchesas geblieben waren, die noch Reisende waren und die mit ihren riesigen Schrankkoffern die Hotels früher bereisten. Sie saßen heute in ihren zerfallenden Palazzi und spielten Tarot oder Bridge mit den müden Händen, an denen viel zu schwere Ringe klimperten. Oft das letzte, was ihnen geblieben war. Und jene, die heute unter den zahlreichen Gästen bei ihnen wohnten, hängten unbekümmert abends gewaschene T-Shirts an die vergoldeten Leuchter zum Trocknen. Und zogen am anderen Morgen weiter. Denn die Welt stand ihnen offen. Sie brauchten keine Schrankkoffer mehr.

Wenn aber die Kerzen auf den Tischen auf der Terrasse leuchteten, die Gläser im Licht schimmerten und das Meer seine Melodie mit dem leisen Klavierspiel mischte, dann war Carlino noch immer glücklich, den Menschen diesen besonderen Traum zu bieten. Und er wusste sehr gut, dass es niemanden reuen würde, dafür auch entsprechend zu bezahlen.

„Il San Pietro" war ein internationaler Begriff geworden. Das Hotel war ständig ausgebucht bis zum letzten Tag vor der Winterpause.

Carlino konnte sein Werk genießen und ausruhen. Er war inzwischen älter geworden, seine straffe Haltung und die gebräunte Haut täuschten über seine gelegentlichen Herzanfälle hinweg. Auch die grauen Schläfen nahmen ihm nichts von seinem Charme. Aber er war müde geworden. Seine früheren Überanstrengungen des Herzens bei dem ausgiebigen Tauchen um Fische zu speeren, waren nicht ohne Nachwirkungen geblieben. Was aber noch mehr an ihm zehrte, war seine Enttäuschung. Er hatte sein Hotel gebaut für „Reisende", für Menschen, die wie er ein Interesse an der andersartigen Umwelt hatten, die ihre Augen benützten, und nicht für „Touristen", die in ein Flugzeug stiegen, tausende von Kilometern überflogen, um irgendwo auszusteigen, sich in die Sonne zu legen und an den tausendfachen

Wundern der Welt vorüberhasteten. Die Gespräche an seinem berühmten „Round Table" verflachten immer mehr und hörten dann ganz auf.

Die anderen Hotels engagierten einen „Animator", um die Gäste zu unterhalten. Die Klagen befrachteten die Gespräche, das Meer war zu unhygienisch, der Pool zu warm, die Disco zu weit weg und auch sonst war nichts los. Wo war die Heiterkeit geblieben, die die Tage so mit glücklichen Stunden füllte? Wo war die Ruhe geblieben, die für die meisten Menschen aus Beruf und Stadtlärm so notwendig war? Die Menschen waren so laut geworden, stets bemüht aufzufallen, und sie waren übersättigt von attraktiven Angeboten.

Ein Nachmittag kam, das Licht durchschimmerte rosenfarbig die Boegainvillea vor dem Fenster der Halle. Ulrike, soeben von der Toskana angekommen, stand vor der Rezeption und fragte nach einem Zimmer. Unbekannt wie sie war und ohne Empfehlung, schrieb Signor Franco, der Manager, ein einfaches Zimmer für sie aus. Carlino betrat die Halle. Er sah auf

Ulrike und blieb wie angewachsen stehen. Viele der schönsten Frauen waren ihm begegnet, viele hatte er begehrt und umarmt, Gazellen, sanfte Tauben und arrogante Schönheiten, die sich ihrer Wirkung sicher waren. Wer hier vor ihm stand, war einfach eine Frau. War sie schön? Sie war die natürliche Sinnlichkeit ohne Koketterie, war die Verlockung einer Hingabe, ohne einer Frage nach dem Warum. Ulrike sah auf und gerade in Carlinos Augen. Ein Leben lang schien dieser Blick zu dauern. Carlinos schöne Freundin Liliane versank in einer Nebelwand, dichter noch als eine Stahltüre. Auf dem Strahl des Blicks tanzte der elektrisierende Funke, zitternd wie ein Irrlicht und konnte sich nicht lösen. Ulrike lehnte sich an die Rezeption, unfähig sich zu rühren. Aus ihrem Gedächtnis verschwand ihr Mann, ein hochintellektueller Franzose, dem sie zwei Kinder geboren hatte, er löste sich auf und war fort. Signor Franco, der im Begriff war, die Zimmernummer aufzuschreiben, zerknüllte den Zettel und schrieb stattdessen eine Suite aus. Er reichte Ulrike den Zimmerschlüssel. Die aber war unfähig, ihre Hände zu beherrschen und ließ den Schlüssel fallen. Carlino nahm ihn auf, ihre Hände berührten sich. Sie waren verloren für diesen Augenblick oder für immer. Die Hunde stürmten herein, in ihrem freudigen Jaulen der Begrüßung verlor sich der bannende Zauber.

Einige Tage vergingen. Carlino fand genügend Zeit, um Ulrike die zauberhaften Gärten in Ravello zu zeigen, den unvergleichlichen Blick hinunter und nach Paestum zu. Sie gingen den Fußweg nach Amalfi hinunter durch die verwinkelten Treppchen in Atrani. Fuhren durch Orangenhaine bei Sorrento und saßen zum Abend auf der äußeren Terrasse unter den immer heller werdenden Sternen.
Eines Tages orderte Carlino seinen Wagen und den Fahrer Marco, der ihn bei seinen Reisen begleitete. Nach Rom. Niemanden interessierte, dass Ulrike mit einstieg.

Die beiden verlebten schöne Tage in Rom, in der lautesten Stadt mit den verschwiegensten Winkeln, wo die plätschernden Brunnen das einzige Geräusch sein können, niemals entdeckt vom lauten Strom des Getrappels der Touristen. Die Stadt, in der die Besinnung auf verschüttete

Gedanken geweckt wird und sich unvergessen in die Seele einprägt.

Sie fuhren weiter in die Schweiz, dann nach München. Carlino hatte Schwierigkeiten mit seinem Herzen. In München konsultierte er einen Herzspezialisten, der ihn seit Jahren schon behandelte. Ulrike flog von hier aus nach Siena zurück, mit dem schier unlösbaren Problem belastet, ihrem Mann gegenüber zu treten.

Carlino war am Abend zu Hause, bereit, sich dem fauchenden Tiger Liliane zu stellen. Wie immer rief er als erstes nach seinen Hunden. Als kein freudiges Gejaule erscholl, das ihn wie immer begrüßte, wenn die Hunde schon am Motorengeräusch erkannten, dass ihr Herr und Meister zurück war, glaubte er sie am Strand, rief und pfiff ungeduldig. Nur das leise Rollen des Meeres antwortete. Einer der Angestellten wagte es ihm zu sagen: Die Hunde seien vergiftet worden. Wer konnte ihm so etwas antun? Diesen Schmerz. Welche Hinterhältigkeit gehörte dazu, in seiner Abwesenheit diese Bosheit zu tun? Keiner der Angestellten hätte das fertig gebracht. Freilich liebten sie die Hunde nicht sonderlich, so wie südliche Völker selten eine persönliche Beziehung zu Haustieren haben.

Aber niemand hätte ihrem Chef so wehtun mögen. Wer konnte gegen diese so harmlosen, kraftvollen und treuen Tiere so viel Hass empfinden?

Napoleone e Josefina

Ihre größte Sünde war es einmal gewesen, dass sie allzu verlockende Schokoladentorte vom Servierwagen stibitzt hatten. Carlino hatte dazu gesagt „Lass sie doch, das Hotel gehört den Hunden."

Hatte Carlino Feinde? Kein Wunder, dass er Neider hatte. Alles war ihm geglückt. Welche Anstrengungen und Anforderungen es ihn gekostet hatte, dieses Glück zu nützen und zu bewahren, wer wollte das wissen? Seine Konkurrenten, die anderen Hotels - gewiss neideten sie ihm die Elite der Gäste, die er oft um sich hatte. Aber es ging auch den anderen Hotels sehr gut. In der Saison war kaum ein freies Zimmer zu bekommen. Keiner dieser Menschen hätte einen Grund für eine so hinterhältige Rache gehabt.

Carlino erinnerte sich an einige Besuche dunkel gekleideter Herren, die zumeist zu dritt aufgetaucht waren, um ihn immer wieder an die so genannte Schutzzahlung zu erinnern. Wie immer hatte er sie höflich hinausgeworfen. Die Handschrift war klar. Cosa Nostra. Nur von dort konnte eine so sinnlose Tat so gezielt geplant worden sein, um ihn zu warnen, vermutete er. Napoleon und Joseppina, so fröhlich und ihrem Meister so treu.

Carlinos Trauer um den Verlust und die ohnmächtige Wut über diese Heimtücke gegen harmlose Kreaturen erschütterte ihn so, dass er wieder einen Herzanfall bekam.

Kapitel elf

Die Gäste einer Generation, die erschöpft die Ruhe genoss und auf dem Erreichten ausruhen wollte, waren alt geworden. Eine neue Generation erwartete vom Leben mehr als die tägliche Berufsarbeit und gemütliche Urlaubstage. Sie wollte Action und noch mehr Action, wie sie die Medien vorspielten. Kein Sport ging mehr ohne die technischen Hilfen. Höher, schneller, aufregender, da der Alltag die Menschen zu langweilen begann. Wo blieben hier an der unberechenbaren Küstenströmung die Segeltörns, wo war Surfen möglich? Hier, wo das Meer sanft den Strand beleckte oder ein mörderischer Sturm ein Schwimmen unmöglich machte. Wo sollten hier, zwischen den schroffen Höhenklippen, die Drachenflieger gefahrlos aufsteigen und landen können? Wo waren hier die berühmten Diskotheken wie an den bekannten fashionablen Badeorten? Die Gäste waren satt geworden.

Positano schlief.

Was aber Carlino am meisten betroffen hatte, war die Unmöglichkeit, diesen Gästen zu verzeihen, wenn sie in ihren viel zu kurzen Shorts, im Bikini zum Essen kamen, und so die Eleganz der Räume und andere Gäste beleidigten. Hier war Carlino Ästhet. Er sah seinen Traum von Schönheit verraten.

Ein Sommerabend ging zu Ende. Der eben noch in durchsichtigem Türkis erhellte Himmel überzog sich mit einem goldenen Vorhang. Winzige Dunstwolken schwebten wie rosa Blüten, von den letzten Strahlen der verschwundenen Sonne erwischt. Capri in seiner auberginefarbenen Silhouette stand klar über dem Raum des Meeres. In der Luft auf der Terrasse hing noch immer ein zarter Duft von Zigaretten, gemischt mit dem der wilden Blumen am Rande der Schlucht. Kein Gartenarchitekt hatte hier gestaltet, die Wildnis in ihrer ganzen Fülle hatte hier ihren Raum gefunden, mühsam aus engen Felsspalten wuchernd, oder auf den schmalen Terrassenstückchen. Kleine niedrige Rosenbüsche, Liliengewächse und Zitronenbäumchen und zwischen den Bruchsteinen der Treppen wuchsen winzige Blüten in hellem Grün. Tief unten in der kleinen Bucht rieben sich leise die Kiesel aneinander, wenn flache Wellen über das Ufer spülten. Leise, als wüsste das Meer nichts von seiner Gewalt.

An dem Hang des dunklen Bergmassivs zog sich jetzt ein Stern gelblich schimmernder Lampen hinauf, nach allen Seiten ausstrahlend, so wie sich die Häuser und Villen des Ortes ausgebreitet hatten. Carlino sah hinüber. Er hatte erreicht, wovon er als Junge geträumt hatte. Ein Paradies, abgeschirmt gegen die übrige Welt, nur zugänglich über den schmalen Einschlupf, den er arrangiert hatte. Den er für Menschen offen hielt, die noch aufnahmebereit für das natürliche Leben waren. Wie viele schöne, kleine Feste waren hier gefeiert worden? Keine riesigen Aufgebote an Shows, Artisten oder Animateuren. Einfach Freude. „Wie lange noch?", dachte er plötzlich. Wie lange konnte sich sein Haus in dieser Form erhalten? Noch hatte er seinen alten Stamm der

Mitarbeiter. Fast alle waren mit ihm jung gewesen und müssten ersetzt werden.

Giorgio! Er war der erste gewesen, der ihm damals beigestanden hatte. Carlino erinnerte sich, 35 Jahre lang hatte Giorgio ihm gedient, als „Mädchen für alles". Als Hausdiener, Ober, Gärtner und Hausbursche. Aber kein einziger Tag war vergangen, an dem er nicht ein Lied, ein Lächeln oder einen aufmunternden Spruch bereit hatte. Jetzt hatte er eine so winzige Rente, aber immer sein Essen in der Küche und einen schattigen Platz in der Gärtnerei, um seinen Wein und sein Alter auszuschlafen.

Wie konnte man jungen Menschen heute die Träume wiedergeben, was konnte sie innehalten lassen für einen Augenblick der Besinnung, in ihrem atemlosen Lauf? Ich muss darüber nachdenken, dachte er. Es wurde kühl. Carlino ging in sein Appartement und legte sich auf sein Bett. Das Meer, das sich in der Ferne mit dem Himmel verband, im Blickfeld, schlief er ein.

Er war ihn seinen Traum hinein entschlafen, als man ihn am nächsten Morgen fand.

Nachwort

„Ihre Positano-Blätter haben in mir die Erinnerung an den schönen Ort, wo ich so lange lebte, angenehm aufgerührt. Ihre empfindliche Wahrnehmungswiedergabe stammt – so scheint mir – aus einer großen und durchaus weiblichen Liebe zum Objekt, die bei geringerer Geistigkeit den Formwillen oft überwältigt. Sie aber sehe ich auf diesen Blättern im Begriff, das Zufällige, Schillernde und allzu Persönliche abzubauen; denn Sie wollen, das merkt man, „der Sache auf den Grund" kommen, auf jenen, wo die reine Form erscheint – und durch sie jenes Licht durchgelassen wird, um dessen Willen der Mensch Werke der Kunst hervorbringt."

Stefan Andres